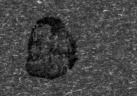

顾　问＼王世华　洪永平

主　编＼潘小平

副主编＼陈　瑞　毛新红

总策划＼金久余

策　划＼潘振球　程景梁

余治淮　刘菁兰　著

古黟满目明清风

GUYI MANMU MINGQINGFENG

全 国 百 佳 图 书 出 版 单 位

时代出版传媒股份有限公司

安徽人民出版社

图书在版编目（CIP）数据

古黟满目明清风 / 余治淮，刘菁兰著. — 合肥：安徽人民出版社，2018.6（乡愁徽州 / 潘小平主编）

ISBN 978-7-212-09954-1

Ⅰ.①古… Ⅱ.①余… ②刘… Ⅲ.①散文集－中国－当代 Ⅳ.①1267

中国版本图书馆 CIP 数据核字 (2017) 第 304009 号

潘小平　主编

古黟满目明清风

余治淮　刘菁兰　著

选题策划：胡正义　丁怀超　刘　哲　白　明
出 版 人：徐　敏　　出版统筹：徐佩和　　责任印制：董　亮
责任编辑：肖　琴　　装帧设计：宋文岚

出版发行：时代出版传媒股份有限公司 http://www.press-mart.com
　　　　　安徽人民出版社 http://www.ahpeople.com
地　　址：合肥市政务文化新区翡翠路 1118 号出版传媒广场八楼
邮　　编：230071
电　　话：0551-63533258　0551-63533259（传真）
印　　刷：安徽新华印刷股份有限公司

开本：880mm×1230mm　1/32　　印张：8　　字数：150 千
版次：2018 年 6 月第 1 版　　　　2018 年 6 月第 1 次印刷

ISBN　978-7-212-09954-1　　　　　　　定价：38.00 元

乡愁深处是徽州

潘小平

家庭是中国人的宗教，乡愁是中国人的美学。

每一个伟大民族，对世界文学都有着自己独特的贡献：俄罗斯因幅员辽阔，横跨欧亚大陆，为世界文学贡献了巨大的贵族式悲悯和波澜壮阔的美感；法国文学因是摧枯拉朽的法国大革命催生的产物，充满了大革命的激情和憧憬，从而形成了浪漫主义的文学品格；十八世纪至二十一世纪，批判现实主义作为英国小说的优秀传统，一直是主导英国小说创作的主流；而中华民族对于世界文学的独特贡献，则可用"乡愁"二字来概括。"乡愁"更是一种文化、一种传统。

什么是"乡愁"？"乡愁"就是故乡的土、故乡的人、故乡的老屋和老树，是儿时傍晚母亲的呼唤，是海外游子对家乡一粥一饭、一草一木的眷恋，是诗人李白"举头望明月，低头思故乡"的怅然。中华文明绵延数千年，发展出了独特的价值体系和审美体系。李白的"举头望明月，低头思故乡"，崔颢的"日暮乡关何处是，烟波江上使人愁"，王安石的"春风又绿江南岸，明月何时照我还"，李益的"不知何处吹芦管，一夜征人尽望乡"，岑参的"故园东望路漫漫，双袖龙钟泪不干。马上相逢无纸笔，凭君传语报平安"，等等，不仅表达了悠悠不尽的思乡之情和漂泊之感，更表达了一种笼罩于具体思绪之上的对"故乡故土"的思念。因此中国人的"乡愁"，不单是对自己生活过的具体的故乡、故土、故人、故物的不舍，也是对整个中国历史、整个文化传统的感念，是浓缩了的"故国时空"，是审美化的民族情感。它不仅是地理的，还是历史的；既是个人的，也是民族的；既是情感的，也是审美的；既是具体的思念和愁绪，也是一种无形的氛围或气息，氤氲缭绕，久久不散。它可以是屈原时代的汨罗江、抗战时期的嘉陵江，也可以是苏东坡的长江；可以是杜甫的江南、李白的江南，也可以是郁达夫的江南。这就是所谓的"文化乡愁"，代表了中国人的一种历史归宿感和文化归属感。

表达和抒发"文化乡愁"，是我们组织编撰这套丛书的初衷，也是它的精神指向和情感指向。

相对于今天的人们来说，徽州是一个古老的地理概念，它包括绩溪、歙县、休宁、黟县、祁门和今天已经划归江西的婺源，以及在一定历史时期同属于徽州民俗单元的旌德和太平。进入皖南山地之后，峰峦如波涛般涌来，能够感到纯粹意义的地理给人带来的震撼。从地理环境上看，徽州自古以来就是一个独立的单元。早在南宋淳熙《新安志》的时代，徽州就有"山限壤隔，民不染他俗"的说法。所谓"山限壤隔",是说徽州的"一府六邑"处于万山环绕之中,是一个具有相对独立性的地域社会;所谓"民不染他俗",是指在一个相对封闭的地理环境中,徽州逐渐形成自己独特的风俗和民情,成为一个独立的民俗单元。从唐代大历四年(769 年)开始,到明清之际,徽州的辖区面积一直都比较固定。据道光《徽州府志》卷一《舆地志》记载,清代徽州府东西长三百九十里,南北长二百二十里,如果采用现代计量单位,总面积为 12548 平方千米。

山高水激,是徽州山水的特点,因此进入徽州,桥梁会不断地呈现。那都是一些老桥,坐落在徽州的风景中,画一般静默。不知为什么,徽州的老桥,总给人一种地老天荒的美感。常常是车子在行驶之中,路两边的风景一掠而过。蓝天、白云,树木、瓦舍,在山区的阳光下,水洗一般的清澈。突然,一座桥梁出现了,先是远远的,彩虹一样地悬挂,等到近一些了,才能看清它那苍老而优美的跨越。这时会有一些并不宽阔的溪流,在车窗外潺潺流淌,远处有农人在歇息、牛在吃草。

不知道那是一条什么河,也不知道它最终流向哪里去,在徽州,这样叫不上名字的河流溪水遍地流淌,数不胜数。"深潭与浅滩,万转出新安",所以人在徽州,最能感到山水萦绕的美好。在徽州的低山丘陵间,新安江谷地由东向西绵延伸展,它包括歙县、休宁和绩溪的各一部分,面积超过一百平方千米。这就是我们平常所说的休屯盆地,在徽州,它甚至可以称得上是一望平畴了。这里土层深厚，阡陌纵横，鸡犬相闻，缭绕着久久不散的炊烟。迁入徽州的许多大家望族，都居住在这一带，一村一姓，世代相延。有时翻过一道山岭，或是进入一条溪谷，会突然发现其间烟火万家，那便是新安大姓聚族而居的村落了。在徽州，聚族而居是一种普遍的风俗。因此徽州的村落大多屋宇错落，街贯巷连，醒目的粉墙黛瓦，富有鲜明的皖南民居特色。徽州的街巷，也多是青石铺成，路两边的沟渠里，长年流水淙淙。徽州老屋，是中国大地最具辨识度的建筑，"有堂皆设井，无宅不雕花"，是对徽州民居的最准确的形容。"堂"指阶前，"井"指天井，徽州建筑所谓的"四水归堂"，是指将住宅屋面的雨水集于天井之中。徽州民居的各个部分，主要是门楼、门罩、梁架、窗棂、栏杆等处，都饰以各类雕刻，"徽州三雕"艺术，就集中体现在这些地方。

在徽州的村落里，耸然高出民居的最雄伟宏丽的建筑，是祠堂。祠堂是全宗族或是宗族的某一部分成员共同拥有的建筑，具有重要的社会意义。名宗右族，往往建有几座甚至几十座祠堂，祠堂连云，远近相望，是徽州一个重要而独特的现象。而牌坊是与民居、祠堂并存的古建筑，共同构成徽州独具一格的人文景观。"七山一水一分田，一分道路加庄园"的自然环境，造成了徽州人深刻的危机意识，为了生存，人们蜂拥而出，求食于四方。徽谚所谓"前世不修，生在徽州，十三四岁，往外一丢"，由此形成了一支强大的商业力量，史称徽商。徽商的经营范围，以盐、典、茶、木为主，而徽商中的巨商大贾，大多是盐商。明代万历年间，徽商逐渐取得了盐业专卖的世袭特权，他们大都宅居于长江、运河交汇处的扬州一带。明清之际，江浙共有大盐商三十五名，其中二十八名是徽商。几百年来，徽商的足迹无所不至，遍及天涯海角，在东南社会变迁中扮演着重要的角色，以至于在江南一带，有"无徽不成镇"的说法。

今天看来，徽商重大的历史贡献，在于它以雄厚的财力物力，滋育出了灿烂的徽州文化。从广义的文化范畴来看，徽州地区在徽商鼎盛的那一历史阶段，一切文化领域里的成就，都达到了当时我国、有些甚至是当时世界的先进水平。比如徽州教育、徽州刻书、徽派朴学、新安理学、徽派建筑、徽州园林、新安画派、徽派篆刻、新安医学、徽派版画、徽州三雕、徽州水口等。而这一时期，徽州的自然科学、数学、谱牒学、方志学，也都有了很大的发展，并且富有特色。徽剧和徽州菜系的诞育与形成，更是与徽商奢侈的生活方式有关，所以梁启超才在他的《清代学术概论》中，把以徽商为主体的两淮盐商对乾嘉时期学术的贡献，与南欧巨室豪贾对欧洲文艺复兴的贡献相提并论。清末民初，安徽涌现出那么多的思想家和精神领袖，是明清两代经济文化积累的结果，流风所至，一直影响到"五四"前后。

而今天，这一切还存在于大地，在新安江沿岸，至今还留有一些水埠头，比如渔亭、溪口和临溪，比如五城、渔梁和深渡……而古老的新安江也一如既往，日夜奔流，两岸的老街、老屋、老

桥，祠堂、牌坊、书院，在太阳下静静站立，被时光淬过的木雕、石雕和砖雕，发出金属般久远的光芒。而绵长如岁月一般的思绪，在作家们的笔下缭绕，给你带来人生的暖意和无边的惆怅。

徽州还好吗？老屋还在吗？曾经的徽杭古驿道，还有行旅吗？

乡愁深处是徽州，徽州深处是故乡。

2017 年 12 月 1 日

于匡南

目

录

谈愁说爱

　　黟县，是古徽州建置最早的县，黄山古称黟山，黟县因山得名，

　　回顾黟县丰富的历史，你会发现，这块藏在层层大山深处的乡土，孕育了太多厚重的文化，涌现过太多为这块土地做出无私奉献的乡贤。关注他们的行状，回访历史的遗存，会让我们从对待优秀传统文化的景仰，看到自身人格的差距、功力的浅薄，以及对徽州文化传承的责任。

　　注目黟县生动的当今，这个被称为袖珍的小县的弹丸之地，却因头上有着诸多桂冠，享誉华夏乃至世界，赞美其今日之山明水秀、凡人小事，彰显了对美与善的追求，并因此而感受到向上的动力。

　　乡愁，大多是埋藏心底，欲说还休，无以言表，一旦能说清楚、写出来，那多半已不是真愁了。

　　我之所以这样说是因为我们在黟县这块土地上生长了很长很长

的时间，因为太过熟悉从而产生深沉的爱，爱她的历史，更爱她的今天与未来，所以我们的文章透出更多的是爱，因为爱之深，所以会让人感到愁之切。

感谢安徽省徽学会为我们提供这样一个谈愁说爱的平台。

希望通过这些朴实无华的文章让更多的人了解并和我们一样热爱我们的家乡——黟县。

行走于耕读

鱼跃听书声

于丹先生来宏村参观，我带她看的第一个景点便是南湖书院。听完介绍后，先生不住赞叹，宏村古人太有眼光，在环境这么好的地方建造学校。为此，她在书院门口摆出各种姿态，让人给她拍照留念，央视《百家讲坛》上的那么一个端庄大气的学者，此刻竟像一个稚气未脱的女孩，也难怪，在这两百年的学府前，她只能是个天真活泼的学子。

南湖书院在古徽州众多的书院中似乎没什么名气，然而书院所处环境的优美是首屈一指的，其所面对的南湖，风光旖旎，四时景之不同，让人感到其乐也无穷。而古村中能与此湖光山色相匹配的，也只有早年这书院中那琅琅的书声了。

※ 南湖书院

　　每次来南湖书院，我都为宏村汪氏祖先能把村中最美的环境用来构筑书院而惊叹。这使我想起宋朝良相范仲淹的一则故事，说是有人发现了一块风水宝地，在那儿盖房可使后代个个成才，范仲淹听了后，马上集资在那儿盖起了学校，使家乡人才辈出。又有人告诉他，某地方风水极坏，谁葬在那儿，子孙后代灾祸不断。范仲淹怕别人受害，就让家人在自己死后把骨殖葬在那儿。据说下葬时，天崩地裂，万笏朝天，上天为之动容，范家子孙反而多出高官。

宏村的古人，不知是否看过这位"先天下之忧而忧，后天下之乐而乐"的范仲淹的这则故事，但他们的作为应该说是和范仲淹一样高尚而明智。需要补充的一点是，宏村古人建起学校后，又集资购买了一批义田，用田租补助学校中那些因家庭生活困难无力求学的孩子，并在族规中写上："子孙笃志好学，发愤芸窗，家贫不能自振，族众当竭力赈给，以励上进。"今天人们常说的"再穷不能穷教育，再苦不能苦孩子"的话，宏村汪氏祖先几百年前就以实际行动做了完美的诠释。

看到大门上方"南湖书院"牌匾后还有"以文家塾"四个字，于丹先生问我是何意思，我告诉她，"南湖书院"又名"以文家塾"，是以创立时主事汪以文的名字命名的。

相传汪以文从小饱读诗书，然而命运不济，屡试不第，只得随族人汪授甲在杭州学习经商，虽是当伙计站柜台，却每日手不释卷。

汪授甲知其不是经商的料，通过关系，举荐他到杭州知府家里做账房先生，专事银钱往来。汪以文为人厚道，办事严谨，深

※ 南湖书院"望湖楼"

得知府信任，他也因此结识了不少浙江官场朋友。

这年杭州知府借五十大寿，向杭州商人索贿，杭州富商大贾纷纷送上厚礼。汪授甲原本不想送什么重礼，打算随便送点薄礼应付一下。可一打听，别人的礼都送得很重，他作为杭州城屈指可数的大老板礼物送得那么轻，以后肯定没好果子吃。无奈之下与汪以文商议后，只当花钱消灾，但又不想让别人产生攀比的压力，于是别出心裁送上两坛寿酒，其实坛里装的全是银元宝。知府心知肚明，着汪以文将酒坛收进库房。

就这索贿一事，让汪以文看贱了杭州知府，认为他辱没了读书

※ 书院里大多陈设有朱熹、戴震的语录

人的品格，随后他悄悄找关系给予举报。

　　不久，知府因贪污受贿被朝廷查办。汪以文立刻想到，汪授甲送两坛银元宝原是无奈之举，千万不能城门失火，殃及池鱼。为此，他赶在钦差查封库房之前，将两坛银元宝换成两坛清水，

※ 平步青云是读书人的不懈追求

水上漂着一木牌，上书"君子之交淡如水"。钦差查封库房时，见汪授甲送的寿礼竟是两坛清水，认定汪授甲是一正直商人，上奏朝廷给予嘉奖，杭州城里其他商人却因行贿知府而受到重罚。

　　知府被查办后，汪授甲一直提心吊胆，没想到杭州城里大小商人都受罚，他却莫名其妙地受到嘉奖。后来，看到酒坛里的木牌，认出那是汪以文的笔迹时，他才恍然大悟，是汪以文救了自己，而其时，汪以文早已回到家乡宏村。

　　汪授甲赶回宏村，原本打算邀汪以文重回杭州共同经商，不想汪以文对经商毫无兴趣。时值江浙闽道学政使罗文聘来宏村拜访汪以文，在南湖游玩时，建议汪以文出面集资将南湖畔六所私塾合并建成一书院。此言一出，汪授甲立即赞同，捐出巨资，但有一点要求，即书院建成后，必须定名为"以文家塾"。

　　汪以文也想到，要想培养一批大有作为的官宦和商人以光宗耀祖，仅凭几所私塾的启蒙教育是无法企及的，汪氏宗族必须有一所像模像样的学府，吸纳四方博学之士来宏村授业解惑。出于对宗族未来事业的责任感，从此，汪以文便留在家乡教书授业。

　　足迹遍及宇内的黟县商人，在对教育硬件进行投资的同时，也将一些先进的教育理念和学术氛围带进了这层层叠叠的大山。

　　当时黟县的书院，大多宗法朱熹为"白鹿书院"制定的学规，采取的是自学钻研、相互问答、集中讲解的教学方法，并邀请全国各地名流、学者来书院举办讲学会。

※ 在南湖书院前写生的学子

正是这种宽松的学术环境，使得当时黟县人的思想特别活跃。这块土地上生存的人们对读书产生了浓厚兴趣。他们提出"富，而教不可缓"，也就是说，你想富裕吗？教育必须先行。或者是说，要想富裕生活能一代一代传承，你就得重视对孩子的教育。孩子无论日后从事什么职业，首先必须读书。

清末，盛极一时的徽商开始走向衰微，作为徽商一个重要组成部分的黟县商人也未能幸免。究其客观原因是政局动荡、战争频仍，徽商所倚重的几大行业被剥夺了特权，主观上却是徽商所掌握的传统商业知识、经营理念，已远远落后于当时的商业形势。在新兴的资本主义商业已在中国沿海各大城市抢滩时，徽州的书院中，师生们还在抱残守缺、闭目摇头念着八股文，昔日那热烈活跃的学术氛围，早已消失在缥缈的历史烟雨中，徽州书院再也无法向社会输出有着鲜活思想的商业人才。

而徽商在中国商界的节节败退，使得他们再也无力顾及家乡的文化教育事业，黟县书院那高耸的墙体，开始在历史的风雨中，一幢一幢悄然倾圮。

于丹先生对南湖书院中那么多楹联极感兴趣，特别对那"炉香静对十三经"的联文大为感慨，对古人求学时那份专注淡定大为赞赏，认为这么多传统文化意韵的楹联，如今只能在这远离都市的偏远乡村才能看到，言语中带着一丝淡淡的忧愁。

其实，黟县鼎盛时期的六所书院，如今也只保存下两所，但即便是一些遗址，也值得后人去凭吊，因为黟县历史上的繁荣是从这儿起步的。

又去"碧阳书院"

因为要给人介绍明、清两朝黟县教育发展史，我又一次去历史上黟县的最高学府——碧阳书院。

※ 崇教祠

碧阳书院创立于明嘉靖四十二年，即公元 1563 年，后多次毁塌、修复。现存的书院建筑是清嘉庆十三年，即公元 1808 年复建的。

据史料记载，书院有祠宇、讲堂、书舍等一百一十余间，而如今保存完整的便只有这书院的"崇教祠"了。

崇教祠里空空荡荡，几根粗大的柱子寂寞地竖在那儿，当年那些摇头晃脑读着八股文的学子，也早已消失在历史的烟雨中。然而，要想了解当年古人崇儒重教的作为，只需看看那镶嵌在崇教祠里的石碑。石碑上镌刻着书院的管理内容，包括细微的收支账目亦收纳入内，可见当年管理者办事之认真。这刻在石板上、嵌在墙体里的账目，似乎不仅仅只是让当时的人清楚所有开支的合理性，更是让后人千秋万代都能看到，我们的先人当时硬是一分钱掰成两半花来勤俭办教育。这屹立在数百年风霜雨雪中的崇教祠，验证了它不是"豆腐渣工程"，那墙体里凝聚着当年捐资者、承建者无与伦比的责任心。

古之黟县，自宋代以来，对教育非常重视，那"十户之村、不废颂读"的教育氛围，使人预感这块土地不可低估的前途。为适应这种教育需求而创立的书院，如雨后春笋。自宋代以来，黟县境内颇具名气的书院，除碧阳书院外，还有淋沥书院、中天书院、桃源书院、松云书院、南湖书院等。

客观地说，促使黟县历史上繁荣的因素，与其说是商业，不如说是文化，因为从这块文化氛围极其浓郁的土地上走出去的商人与其他地域商人自身素质的差别，便是拥有深厚的文化底蕴。先读书，后经商，是他们藉以成功的根基。

　　而黟县历史上许多成功的商人，对家乡的教育事业都情有独钟，他们基于对自身成功的体味和感悟，给予家乡教育事业以巨大的回报。1811年，黟县重建碧阳书院，耗费白银两万九千两，全部由黟县商人及家乡父老捐赠。

　　历史上商人的社会地位比较低下，倘不捐官，就是一介平民百姓，然而正是这些平民百姓对教育的重视和投入，奠定了黟县繁荣的基

※ 书院碑廊

石。同样，一个民族如果不仅是执政者重视教育，连普通的平民百姓都知道为教育发展奉献绵薄之力，这个民族想不强大都难。

※ 光宗耀祖是读书人的世代追求

耕读的进化

2009年牛年春节，中央电视台新闻频道摄制组赶赴黟县宏村，拍摄这座按照"牛"的形象规划、设计布局的千年生态古村，红红火火过牛年的情景。那"一"字形排开的耕牛，披红挂彩，拖着木犁奋力前行，身后留下的是深深犁开的土地和乡亲们的欢声笑语，向世人展示了中国沿袭了数千年的农耕文化顽强的生命力。

一个崇尚农耕，地处中国偏僻一隅的古村，与"世界文化遗产"之所以能画上等号，得益于宏村，乃至整个古徽州数以千计的古村。在近千年的历史中，一直崇尚耕读文化理念，既耕且读成为他们生命中不可割舍的组成部分，从而在整个徽州范围内奠定了深厚的文化基础，形成浓郁的中国传统文化氛围。

探寻徽州人耕读理念的形成，我们发现，如同中国其他地域一样，

※ 这厅堂两侧的冰凌、五蝠图蕴含着劝谕后代刻苦读书的良苦用心

徽州古人几千年来一直平静地生活在崇尚农耕的社会之中，依赖农耕解决生存问题。

只是到了宋代以后，徽州人才开始清晰地悟到，仅仅依靠农耕解决温饱并非生命的全部意义，人活着应该了解、掌握更多的知识，而这更多的知识必须通过读书去获取。于是，他们质朴而坦率地发出"养儿不读书，等于养头猪；三代不读书，不如一窝猪"的感慨。

徽州人开始重视读书，其初始虽然也有博取功名、改变命运的动机，但对于相当一部分人来说，读书的目的是非功利性的。他们提出"非因报应方为善，岂为功名始读书"的观念，认为读书的目的，并非只是为日后谋取一官半职，而是多彩人生的必需。

休宁人王尚儒，十五岁便到湖北学习经商，时值战乱多事之秋，其所供职的店里规定，伙计须轮流彻夜值班，以防不测。众人皆认为这是件苦差事，王尚儒却主动提出愿代诸位同事守夜。人们背后讥笑他为呆子，但王尚儒心里非常清楚，因为他爱读书，夜晚通宵达旦灯火通明，正是读书的好时机。正是这长年累月地守夜，使王尚儒学问大进，后来成了远近闻名的儒商。

徽州人所读之书范围也比较广，他们提出："友天下士，读古人书。"所选之书多为古人经典之作。为了准确领略古人书中的精髓，他们愿与天下有识之士为友，广泛进行学术交流。

与宏村毗邻的黟县南屏有位富商李宗煝，这位从小没读过什么书的商人，有了钱后，便在交通要道上建了一所"客寓"，为南来

※ 履福堂

北往的读书人提供免费食宿。客寓里每天晚上都要选择古人经典著作进行学术交流。李宗煝生意再忙也要挤出时间到客寓里去听人讲授。对于那些见解深刻、讲述生动的读书人,他还要给予重奖。晚年听说同乡经学大师俞正燮的两部专著《癸巳类稿》《癸巳存稿》无钱刻印,便立即斥巨资,延请当时徽州最好的书商刻板印刷。

至于徽州人读书的态度与方法,许多也值得今人借鉴。对于经典之作,他们不是浅尝辄止,而是深层次地反复阅读。赛金花故居中楹联"好书不厌百回读,古砚微凹聚墨多"正是当时徽州人读书态度的写照。

徽州人在读书的过程中常常能体会到一种身心的愉悦,心绪浮躁之时,捧起书来,凝神看上几页,心情便会慢慢趋于平静。歙县人凌珊每天不管在外面多忙多累,回到家里一捧起书便劳累顿消。有时实在累得连书也捧不动时,只要听到子女们朗声读书,他便会为之一振,身心感到无比舒坦。宏村南湖书院中"漫研竹露裁唐句,细嚼梅花读汉书"的楹联,正是徽州古人那种醉心读书时的写照。联文中描述的情态,是何等闲适与

※ 楹联

潇洒！

而正是读书，使黟县人的胸怀和视野逐渐开阔，思想也逐渐解放。首先是他们对"耕"的内涵和外延有了一种更深更广的认识，他们认为"耕"，并非就只能是脸朝黄土背朝天，在泥土中刨着一粒粒粮食的劳作，人类赖以谋生的一切手段都应被视为"耕"。于是，他们不再只盯着脚下那一点点土地，而是让目光穿越层层叠叠的山峦，梭寻于中国广袤的疆域。

在此过程中，他们大多数人选择了经商这一职业。在他们看来，在耕读并重的社会中，商应该是"耕"的内容的一部分，经商对人类生存和社会发展会起到积极的作用。于是，他们在"万般皆下品，唯有读书高"的封建社会，大胆地提出了"读书好，营商好，效好便好；创业难，守成难，知难不难"的理念，并将它制成楹联悬挂在厅堂中央，让子孙一代一代去参悟、实践。而且明确告诉后人，效好便好的"效"字，不能仅仅认为是"成效、效果"，更重要的是要把"效"字当"仿效"来解读，确定好的学习目标，选择好的学习方法，即便是暂时没有取得理想的效果，而这学习、仿效的过程本身也是令人享受的。

因为读书，让身处大山深处的黟县人眼界开始开阔，思想开始解放。

于是，"经商"这一在数千年封建社会中，一直被视为"三教九流"之外的"贱业"，竟让他们果敢地捧为"第一生业"，为后来"无徽不成镇"的徽商神话奠定了理论基础。

也是读书，让徽州商人拓宽了视野，经营范围由原先的家乡土特产、茶叶、木材、徽墨歙砚，拓展为粮食布匹、南北杂货、盐业典当，涉足当时商业范围中的所有门类。

还是读书，使徽州商人，建立起一整套当时视为先进的经营理念。"以诚待人，以信接物，以义取利"，让徽州商人在中国商界牢牢地站稳脚跟，创造了绵延数百年商业王国的辉煌。

令人称奇的是，"十室七商"的徽州人，当年所读之书并非商业专著（当时尚未有专门从事商业研究的专业书籍）。然而，正是博大精深的中国传统文化精髓，使他们触类旁通、潜移默化，从而运筹帷幄，生意越做越好。更重要的是他们的道德也因此得以升华。这种道德升华往往挣脱了急功近利的束缚，表现出一种淡定与洒脱。

读书，也使得徽州人对他们自身生存的环境，采取一种珍惜的态度。尽管他们对环境与人的关系，有时常常停留在神秘的风水崇拜中，即便如此，依然提出了"至乐合天地人"的先进理念，认为最快乐的事，是天、地、人和谐相处。因此，徽州古村的水口园林、村庄周围的山场植被得以很好地保护，而一些富可敌国的商人，深知家乡耕地少、人口多，建房时，从不敢多占一点耕地，因为即便是一丘瘦田，也许就是一户穷人一年的口粮。正是这种对自然生态的爱护和对土地的珍惜，构成了朱熹笔下的"新安大好山水"。

也正是重视读书，使古徽州形成独具特色的地域文化，徽派建筑、新安画派、徽州朴学、新安医学、徽菜、徽剧……林林总总，成为中国传统文化桂冠上一颗颗璀璨耀眼的宝石。

值得一提的是，黟县人对读书的情结，不仅仅维系在自己及家人身上，兴教助学的善举也不仅仅局限于家乡故土，他们谋生所到之处，总是积极参与当地百姓兴教助学活动。

这里，我不由想起被誉为"台湾经营之神"的王永庆先生。这位老先生的节俭在台湾是出了名的：因为觉得长途电话费太贵，不喜欢子女给他打电话；他给子女写信，选择的是很薄的信纸，字迹密密麻麻；他每天早上跑步穿的运动鞋，一双要穿上好几年。就这样一位近于"吝啬"的富翁，对于慈善事业却表现出一种气干云天的豪情。他在生前提出，要在大陆援建一万所小学，汶川特大地震，他所领导的台塑集团迅速捐款一亿元人民币。他的这种大爱的情怀与崇尚读书的黟县古人是何等相似。

黟县人崇尚读书，提倡耕读并重的理念，促进了古黟县的繁荣与文明，而后来的历史进程也进一步验证耕与读两者不可偏废。只读不耕，人类无法生存；只耕不读，人类不可能进步，文明也难以为继。

一个既耕且读，而且有着"全民读书"良好氛围的民族，将会是一个永远立于不败之地的民族。

古董烟海

三十多年前，西递胡氏一位德高望重的老人带我去看"笔啸轩"遗址。

据西递残存的史料记载，笔啸轩建在西递后溪，占地面积十余亩，依山造屋。建筑分上、中、下三个层次，两边建有回廊，回廊呈阶梯式，由下而上，阶梯称百步，可见其高。最上层的楼称为"放眼楼"，楼上三面开窗，窗外山川灵秀，花木扶疏，西递村鳞次栉比的屋宇，尽收眼底。

清道光年间，西递胡积堂建造笔啸轩，是为宗族中子弟提供一个研讨学问的场所，类似于其他地方的书院。而据史料记载，笔啸轩实际是胡积堂一处私人博物馆，那里收藏着他家祖祖辈辈积攒下来的古董。

徽州商人在经商过程中喜欢收藏文物，而且大多带回了自己的家乡。他们以对文物收藏的爱好和雄厚的经济实力，左右了当时的艺术品市场，也使徽州成为全国最有影响的文物收藏地之一。无怪乎后人评说："徽州文物，浩如烟海。"

这使我想起胡积堂的后人、西递"履福堂"的男主人曾谈起：从前的西递，谁家都拿得出几件价值连城的古董，只是后来徽商衰落时，不少人家拿出去变卖了，而更多的是在"文化大革命"中遭受了破坏。他曾见过一位寡居的老妇因为生活困难，没钱买柴，竟将祖传的字画整箱整箱搬出来当柴烧，而那些字画，当时的价值确

※ 清云轩，那用黑色大理石镶嵌的圆形门框，显示了长期在外打拼的商人对一家长久团圆的企盼

※ 松石竹梅两幅石雕是西递的镇村
之宝

实抵不上木柴，若想收藏则须冒祸及全家及子孙后代的政治风险。他还见到"文化大革命"时，一个徽商后人，把一个藏书楼上的古籍一担一担挑出去当垃圾焚烧。

这种惨不忍睹的破坏，一方面是政治因素，而另一方面便是这些徽商后人，因为受到文化素养与生存艰辛的局限，无法了解他们先祖留下的这些"垃圾"的真实价值。这又使我想起二十世纪八十年代发生在黟县的两则真实故事。

一则说是县城一个小古董贩子，花了很低的价钱收来一本画册，因为花钱少，也不认为它有多大价值，随手便丢在自家房子一个角落里。一次，几位梁上君子光顾他家，偷走了一些文物。这本画册小偷们翻了翻，又随手扔掉了。公安干警捡到这本画册后，将其与后来破案缴获的赃物，一同拿去给文物专家鉴定。没想到小偷偷走的其他文物都不值钱，唯有这本画册是日本著名画家古村先生的真迹，而且是历代日本收藏家们不惜重金在东南亚寻找的名画，因为这套版画现今日本国内只残留了八幅，而我们完整保存有十二幅。望着四位文物专家郑重其事地写下的"国家二级文物"的鉴定词和各自的签名，那位古董贩子简直哭笑不得，因为他压根就没把它当成文物。

还有一则故事，说是一位热心的年轻人，常去隔壁一位老太太家走动，帮助她干些体力活。一天，年轻人又去老太太家。进门时，发现大门台阶有些松动，他想把台阶垫平，以免老太太踩着不稳而摔跤。可当他把手伸到台阶下边，想把那些碎石掏出来重新垫一垫时，掏出来的却是一块沾着泥浆、类似砚台的石块。他问老太太，老人回答说："我也弄不清是块什么石头，我看到那台阶不稳，就从房角落里找来这么一块石头垫一垫，你喜欢就拿去吧。"

年轻人把那石块拿回家，洗干净发现，那竟是一块状如蟾蜍、色若紫烟的端砚，上面有三十六颗珠圆玉润的"青眼"，更为奇特的是，这些"青眼"分布在一条玉带般的银色纹理两侧，似星辰依附于银河，且前边的七个眼，有勺有柄，宛如北斗。年轻人得此珍奇，作为对老太太的纪念，终生珍藏。

但也有些徽商不肯把钱花在古玩收购上，他们认为"古玩、古玩、玩不过三代"，他们要把钱财投入更有价值的地方，为更多的人留下千秋万代珍贵的"古玩"。

※ 清云轩中的河蚌化石是主人收藏的文物

黟县南屏商人李宗媚幼年家贫，无力求学，后经商成功已是人到中年。他深知没有文化的苦处，极力鼓励和资助宗族中子弟读书求学，不仅捐资建私塾、修书院、资助求学的年轻人，而且斥巨资刻印了《新安志》《徐骑省集》《七家后汉书》《古文辞类纂》以及黟县籍大学问家俞正燮的著述《癸巳存稿》等数十种图书。

济困扶危，资助文化事业的发展，耗去了李宗媚大半家产。临终前，在如何对待钱财这个问题上，他教导儿子说："贤而多财则损志，愚而多财则益过。聚财不散是愚也，散财而邀名是私也。"这种正确对待名利的完美境界，昭显了徽州商人的崇高情怀。

※ 双龙砚

徽州商人对文化的重视，以及在文物收藏方面所做出的贡献，极大地丰富和提升了徽州人的艺术造诣，特别是书画、篆刻界，新安画派中许多艺术家，都曾得益于徽商的文物收藏。

笔啸轩后来在太平天国义军与清军拉锯战中被大火焚烧殆尽，胡积堂收藏的许多精品也因此灰飞烟灭。而在整个徽州大地上徽商呕心沥血收藏的艺术珍品，随着一次次政治动乱，社会变革也不断衰减。

这种衰减有时是人力所难以左右的劫难，我们只是希望这种劫难人为因素少一些，希望对于自己先祖的精神与文化结晶能多一些欣赏、多一些享受。

袖珍学堂

客游西递，"桃李园"可是不能不去的地方。

桃李园是一所小巧别致，有着前、中、后三个三开间的楼房。清代秀才胡允明建造此房，一为居住，二是作为教书授业的私塾。

中国封建社会有两种办学方式，一是官办，一是私办。私塾，顾名思义为私人所办，它是众多的学校中规模最小的，通常是由一位老师面对数名学生进行个别教学，所以胡允明的三间小厅，可以作为三个不同层次的学生的学习场所。

大概是出于对日后能"桃李满天下"的期盼，胡允明将自己的院落题名为"桃李园"，并在教书之余在院中种桃植李。

鼎盛时期的西递，像这样的"私塾"有十余所，以至于清代道光年间军机大臣曹振镛来西递时，忍不住赞誉这儿是"弦诵之声，比舍相答"。

※ 树人堂也曾是一所私塾

※ 桃李园后厅，两百年来一直保存着清官黄元治
的书法作品

值得一提的是桃李园后厅两厢，镶嵌着一幅漆雕欧阳修的《醉翁亭记》，书法苍劲有力、挥洒自如，书法作者黄元治则是黟县四都黄村人。

西递村人文荟萃，鼎盛时期收藏的名家书画作品不计其数。为什么要在这样一所西递很有名气的私塾中，长期保留这样一位名气不是很大的外乡人的作品？

我曾为此采访过一位村中长者，他告诉我，西递人

重视道德教育，私塾中不仅有
和其他学校一样的必修课，而
且还增设有修身养性的道德
课，聘请一些德高望重者现身
说法。黄元治当时是黟县人引
以为荣的一位清官，他在云南
徵江任知府时勤政为民、廉洁

※ 关麓汪氏家塾"吾爱吾庐"

奉公，为了资助当地穷困学子求学，他捐出了自己的俸禄，为了解
决生计艰难，只得带领家人在知府花园里挖地种菜，从而被当地百
姓赞誉为"青菜太守"。晚年归乡，两袖清风，房无一幢，田无一垄，
只得借住在宗族祠堂里。他活着的时候，黟县人就将他的牌位供奉
在"乡贤祠"中，要求从这片土地上走出去的士商，都像他一样，
忠君爱民、坦坦荡荡。桃李园的主人慕名将他请到西递讲学，并将
他的书法作品用漆雕方法镶嵌两厢，作永久性展示，让后人学习黄
元治，进则做一个清官廉吏，退则做一个清白良民。

正因为西递自古重视道德教育，所以，自明清以来，西递胡氏
后人进入仕途，实授官职的有数百人，没有一个成为玷污祖宗的贪
官污吏。

值得一提的是，清光绪二十一年（1895 年）四月，康有为、梁

※ 门额

启超联合十八省在京会试的举子，向光绪皇帝联名上书要求废除丧权辱国的《中日马关条约》、立即进行维新变法。当时在京会试的举子不算少，但敢在联名书上签名的安徽举子只有八名，令人惊叹的是这八名签字的举子中，有四名是黟县人，而这四名黟县人中，竟有三名是西递人。这个数字不仅验证了历史上西递人通过读书获取功名者数量之多，也验证了西递胡氏宗族读书人心怀家国的壮烈情怀。

黄元治的书法作品之所以能悬挂三百余年完好无损，不仅展现的是艺术的魅力，更是一种道德的魅力。

乡俗乡情伴乡愁

不老的乡情

　　这是一个中规中矩的结婚的宴席，我远房一个妹妹的喜宴，我被安排在重要位置，于是也中规中矩地端坐着，一派淑女的模样。

　　母亲悄悄地走到身边，示意我出来一下。走到门口，一个阿婆，苍苍白发，脸上满是千山万壑的皱纹，眯缝着眼，拉着我的手端详，笑。

　　"小兰子一晃都这么大了。"

　　我则睁大眼，在脑海里细细地翻阅着我的记忆。

　　"阿婆，是陈家阿婆！"在惊喜地唤着阿婆的时候，眼前一一掠过的是当年阿婆的模样：梳着齐整的小髻，着一身对襟盘扣合体朴素的衣裳，脸上永远是淳朴的笑，干净利索的样子；还有她家小

※ 新人回门，两只孝敬岳父岳母的火腿必须是新郎挑着

小的透着温馨的小屋，矮矮的围院，和围院外我每天路过的窄窄的小路。

"阿婆昨天听说你今天在，就想着一定来看看你！"母亲在一边旁白着。

"是啊，我得看看以前那个鬼精灵的兰子长成啥样了？还认识我这婆不？"她慈爱地攥紧我的手，又伸手帮我顺顺头发，还是那样温暖地笑。

"兰子长得这样精致了呢！小时候可是个调皮鬼，男孩模样！"我伸伸舌头，娇嗔地做了个鬼脸。是啊，我的乡村生活，那时离淑女很遥远，活脱就是一个总是闯祸让父母头疼的"假小子"。阿婆几句话，一下子让我仿佛又回到了少年时光。

阿婆家在我上学必经的路旁。每天清晨，小山村的雾岚还未散尽，静谧中，赶去上学的我总是骑着单车勇猛地冲锋在阿婆家那条小路上。这时的阿婆要么在院子里晾晒着衣服，要么在给鸡喂食，或者就坐在灶膛前，一任屋顶飘出淡蓝的炊烟。老远的，我会以一阵急促的车铃声预告我来的消息，然后习惯地来一句："阿婆，早！"我虽然很调皮，但小孩儿当中还是算有礼貌的，嘴巴甜，父母教育的结果。阿婆也总会适时抬起头说道："兰子，又上学了，慢点呵！"通常说这话的时候，我的车子早已溜出好远了，只是远远地大声地应和着。山村的静谧就这样被我们打破了，一个早晨在简单的问答中生动起来。

回来照旧要经过这条路的，时常有惊喜。阿婆家有孩子在城里上班，不时带些时鲜的东西孝敬她，而我因为深得阿婆的喜爱，常有口福。几粒糖果、几块饼干、果脯、巧克力、

※我品清茶君抽烟，晨昏相伴年复年

水果……许多乡下难见和匮乏的东西只有阿婆常给我留着，满口盈香至今飘荡。以后外出求学，每年寒暑假回家，总会到阿婆家坐坐，那里蓄着我

※黟县民俗舞凤凰

枯燥读书时光的许多乐趣和温暖。

　　和阿婆拉着家常的时候，围上来几个靓丽的女孩儿，豆蔻的年华，葱儿似的水灵，新潮时尚的打扮，恍惚间觉得自己确乎老了。疑惑间，一个个甜甜地叫"兰姐姐"。看我诧异的表情，一个娃娃脸大眼睛的姑娘露着花儿般的笑，说："不记得我了，我是敏。""我是月。"……我循着一张张脸望望过去，可不是？是我曾经的那些衷心的拥护者呢，她们管我叫"姐"，然后成天地跟在我的身后，指望我领着她们游戏，带着她们上山爬树、下河摸鱼……童年的欢乐记忆里有她们，那些遗失的过往奇迹般地一幕幕重被拾起，鲜活的，清晰的，明丽的，快乐的……

寒暄了一阵，又得坐回席中。那些关注的目光一直在身旁缠绕，绕得心里暖意洋洋、温情满怀。

傍晚，将要离开，在必经的村口站了好多的人。走过时，以前住我前屋的张婆婆急急地走到自己开的小店里抓了一袋花生塞到我口袋；同龄的童年伙伴斐站在人群后羞怯地对我笑笑点头，他看上去有沧桑的痕迹，但笑容依然如昨日的灿烂；那些大婶大妈总是笑着去抱我女儿，不时在口袋里塞上各种自家炒的特产；还听到有人以长辈的身份亲切地津津乐道我小时那些调皮的趣事……

我一路静静地走过，脸上露着笑，和他们招呼着，心里却思潮翻涌。不长的路，让我忽然深切地懂得什么叫乡亲，什么叫乡情！

家乡，我这些年很少触摸的家乡，那些平整的水泥道、一栋栋新矗立的楼房展示着新农村建设的成果，也改变了记忆中故乡的印象，还有那一张张已然陌生的脸，多少让我心里有一点惆怅和一丝忧伤，心底似乎有着不被家乡认可的沮丧。然而，走进故乡，走进那些真诚的微笑，我又猛然发现，虽然岁月渐老，但，不老的只是那乡情，浓浓的、无边的、笼罩我一生的乡情。这乡情，还在的，其实一直都在的……

年的记忆

我关于年的所有记忆，来自于小时候的农村。

小的时候，对于年是充满了企盼的，因为有新衣、有压岁钱、有好吃的、有好玩的，最重要的一个就是能和大人们一块儿去走亲访友，借此认识更多的小伙伴，玩更加有趣的游戏。

那时，早早地，母亲就会筹备过年了。晒冻米，炒花生，打食桃，制年糕，杀年猪，宰鸡鸭，包粽子，煮茶蛋，做新衣，买新鞋……在母亲的忙碌中，我们的期盼会越来越迫切。年，就在这样的忙碌中，一日日近了；年，就在我们的张望中，一步步来了。

大年三十的早上，我们通常会被母亲安排一些具体的活儿干，如整理厅堂、贴对联窗花等，因为母亲怕我们溜来溜去，碍了大人们准备年夜饭。下午的时候，我们会痛痛快快洗个澡。那时没有热水器，只用木盆，帐子围着，桑拿一样，很是畅快。母亲说，这也是迎新的一部分呢。傍晚，厨房里已经飘出了浓郁的香味。我常常禁不住诱惑，溜到里面去，夹一个肉圆子吃，偷一个春卷尝，像一只馋嘴的小猫。

夜幕渐渐降临，宁静的小村，喧闹起来。鞭炮声此起彼伏。父

亲是个喜爱静的人，吃年夜饭前不燃鞭炮，我和姐姐两个女孩子也不敢去放，所以这时候家里还很安静。父亲还开玩笑地说：大

※ 岁岁除夕"打食桃"

家的热闹就是我们的热闹了。母亲喜气洋洋地把准备了很长时间的晚餐端上来，米酒也斟上了。那时，一年，我家团聚的机会也不是很多（父亲带着姐姐常年在深山区教书），所以年过得也很隆重，平常不沾酒的奶奶和妈妈这时也会和父亲一起举杯庆贺。我和姐姐两个馋猫顾不上这些，上来先埋头大吃，直到撑得肚子溜圆。晚餐后，父母奶奶都会给我们派红包，那时虽然家里经济不算好，但每年的红包还是不含糊的。站在奶奶面前，我们会毕恭毕敬地给奶奶拜年，心里窃喜着，虎视眈眈地盯着那个红包。餐后，我们一家子围着火桶，嗑着瓜子花生，看着喜庆的春晚，甜甜的年味儿在家常的聊天中升腾，浓浓的温馨与祥和在简陋的老屋里氤氲。我家的大年夜，简单温馨，亲密温暖。

　　照旧的，除夕夜，我们要守岁。年年我都是信心十足地说一定守到底。可是在温热的火炉旁，在奶奶的絮语声里，在母亲温暖的膝上，我往往是没等春晚结束，就沉进了梦乡。直到零点来临，邻里的鞭炮声再次噼里啪啦响起，我才会睁开惺忪的睡眼，和姐姐一起欢呼。

　　然后就是欢欢喜喜过大年了。和家人一起走亲访友，一家一家的，都排不过来。我们小孩儿，自然是喜欢那种热闹，穿了干净的新衣新鞋，梳着漂亮的小辫，走在村庄弯曲的小巷里，用现在的话说，有点酷酷的哦！拜年时，村里老人总会往口袋里塞糖果、花生，遇到亲戚长辈，会有小小的红包，通常是崭新的一元、两元，这也够让我们高兴坏了。

　　大年初一的下午，村里的小孩子会聚在晒场上玩，比谁的衣服更靓，比谁的压岁钱更多，比谁的礼物更好，然后就是疯玩。跳皮筋、捉迷藏、玩滑轮车、打球，

※ 写春联是古村的风俗

热闹非凡。碰到运气好，村里
会组织舞龙舞狮队轮番在每个
村队表演。我们是铁杆的"粉
丝"，追着看，跟着锣鼓走，
一个村一个村的，直到结束。
在文化生活很少的乡村，那精
彩的表演就是我们丰盛的精神
大餐了。

※ 正月里

　　初一过后，就是做客了。亲戚家会有约定俗成的规矩，哪天集
中到哪家，基本每年差不多。那时平常少见的表兄妹都会碰面，又
是快乐的聚会。自然，我家也会安排上一天。小孩子是掺和不上那
些忙碌的，只有在大人的缝隙里钻来钻去，傻乐。而那种乐，是多
么纯粹，多么真挚，多么浓郁！我一直深深地记得！

　　小时候的年，是幸福的年，是快乐的年，是一生都无法忘记的
温暖温馨的年。

　　渐渐长大，年，却在心里一天天淡化起来。生活的富足，不再
对吃穿有更多的热情，连女儿关注的也已不再是这些；年龄的增大，
对街上那些红红绿绿装扮得热闹的玩意儿也失去了兴趣。但是，年，
依然让我们开心。因为那处处洋溢的欢乐的气氛，感染着你，陶醉

着你，快乐着你。年，现在最让我感动的是，从我记事起的年里，我们一家的团聚，现在一个都没少，三十多年了，我的奶奶已是九十多岁的高龄，却精神矍铄，仍可以和我们举杯共贺！

望着奶奶眼里的沧桑过滤后纯净的笑容，我发现，年，还是依然让我心动！

美食里阳光的味道

陪央视四套《走遍中国》记者在西递村拍片子。

晴朗的冬日清晨，阳光开得正好，柔柔的、暖暖的，明经湖泛着粼粼的波光。他们边走边拍，摄像头始终在追寻着这个村子最古老、最厚重又最鲜活、最时尚的记忆：青石的小巷，黛色的瓦墙，耸立的牌楼，静默的祠堂以及村庄来来往往的现代的气息……

"这个，阳光下的徽州美食，才是最有味道的。"扫射的镜头忽然停了下来，聚焦对准了这个小院：小院里那些摊在阳光下的竹匾里的干羊角、干萝卜、干辣椒、咸菜，还有我们这里特有的圆圆的腊八豆腐，满满当当的；那墙壁上、院子里支起的一排排的竹竿上面悬挂着腊肠、腊鸭、腊鸡等，蔚为壮观。阳光的照射下，这些干菜散发着暖暖的清香。

"我小时印象最深的，就是冬天里晾晒这些干菜的场景，那是我们一年里美食的储藏。"

而这些美食，怎能少了阳光的味道？

记忆中，母亲每年开冬时是很忙的。冬天阳光灿烂的日子，母亲的脸上也始终是阳光灿烂的，今天算计着把菜园子里的白菜砍了在阳光下晒干做咸菜，明天又思量着腌好的鸡鸭鱼要翻出来见阳光了……总之，只有抓住了这冬天里最好的阳光，我们一年的餐桌就不会杯清盘冷了。

记得那一年，母亲因干活时被蛇咬到了手指的血管，虽然治好了，冬天里却是手指开裂渗血。到了冬天阳光好的日子，看着菜地里一颗颗壮实的雪里蕻却没法晾晒腌制成霉干菜，母亲急得什么似的。今年可怎么办呢？"可千万不能错过了这好天气，咱们自己干吧"，我和姐姐一合计，也不等在外出差的父亲回来，就自作主张地把雪里蕻全砍回来了。在母亲的指导下，我们先晾晒，然后清洗，接下来是盐渍，最后又是晾晒。这个过程不仅工作量大而且烦琐，累得不行时就很为当初的冲动后悔。"想想霉干菜扣肉的味道""想想霉菜肉饼的味道""想想霉干菜烧大肠的味道……"姐姐总是一下子能抓住我的味蕾，让我只能暗暗地咽下口水，继续埋头苦干。

到最后一次摊晒时，我终于有了一种成就感了。你看，屋前的小晒场上，一匾一匾的全是我们的霉干菜，它们色泽红亮，香气扑鼻，在阳光下神采奕奕，有着诱人的香味和光泽。那些日子，我比平时更加关注天气，关注阳光的热度，因为只有阳光持续几天的照射，才会使它们真正干透，以后也不会回潮。我常常傻傻地站在阳光下的院子里，挤在满满的霉干菜中间，深呼吸，深呼吸，那味道，真是好闻极了！

阳光里的美食，我印象最深的还有晒腊肉。冬天里腌制的腊肉，开始时是用盐腌好，一起放在腌肉缸里的，过七七四十九天去取出来通风晾晒。那起缸的日子，必定是个极好的晴朗的日子，天高云淡，微风徐徐，仿佛空气中都溢满了咸咸的肉香。最诱人的是中午时分，经过几天的烤晒，腊肉已经在太阳底下油光发亮、香气扑鼻了。我

※晒制黟县传统食品腊八豆腐

实在忍不住，把鼻子轻轻地凑上去，浓浓的咸香丝丝缕缕，诱得我口水直咽；慢慢地，我伸出了舌头，试探性地舔了一下一块骨头上凸出的肉，不像我想象中那

么咸，更多的是肉香，像已经烧熟的味道；我终于伸手了，用手指抠下一块瘦肉，悄悄地塞进嘴里，绵而不腻、润滑酥软、咸香爽口，真是别具风味，令人满口生津。

此后，我算是惦记上这些天天晾晒的腊肉了。今天抠这一块，明天抠那一块，那一排十几块肉无一不遭我的"毒手"，直到有一天被母亲发现。她却是又好气又好笑，直说家里出了个"馋猫"，连生肉都可以下肚。我暗自想：你们没有尝过，哪知道这咸肉里阳光的味道呢？

似乎经过阳光晾晒的食物，我都是很喜欢的呢。比如像冬笋、冬笋衣、干蕨菜、干黄花菜，等等，任何季节拿来做菜都是美味。确实，徽菜里这些要经过一煮一晒再加工的美食真不少，有外地客人来，我们推荐的也大多是这类的土菜。这些土菜用料简单、原料品种丰富，具有天然、环保等优势，同时经过晾晒后易保存又不走味。其加工制作方法大多是古徽州一直沿袭传承下来的，能保证原汁原味，有浓郁的地域色彩和民俗特色。徽州美食里有着太多的"阳光的味道"，我想这也是央视记者对这些原汁原味的土菜感兴趣的原因吧。

色香味里忆柯村

对一个地方的记忆，或者说印象，有的人是场景，有的人是故事，有的人是经历，有的人是风貌。我对柯村的记忆，却藏在一种香、一道味、一抹色里。

小学毕业前，我去过的最远的地方，便是柯村。

柯村位于黟县西北部的大山里，距离县城五十一公里，在二十世纪八十年代交通不便、过山隧道没有打通之前，路程更为遥远，是黟县最为偏远的山乡。而父亲教书的小村三合，更被称为黟县的西伯利亚，班车不能直接到达。父亲在柯村的大山里教书已经好多年了，我因为自己要上学，加上路途实在遥远，从未到过那个我想象了无数次的父亲常年待着的地方。

五年级小学毕业会考结束后，我终于去了柯村，去了三合。那时，父亲正在邻村监考，我闲着无事，就在村子里逛逛。常遇着一些大伯大婶爷爷阿婆的，知道我是刘老师家的孩子，极是热情。有的拉我去家里喝茶，有的拿瓜子花生给我，有的还让家里的孩子带我去玩，受宠若惊之余心里感觉很踏实，少了在一个陌生地方的拘谨和紧张。傍晚，父亲监考回来，村长过来邀请我们去吃饭，说是要感谢父亲一年来对全村孩子的辛苦教导。就在吃饭的当儿，来了几拨婆婆阿姨，跟村长商量着晚上住宿的事。原来，父亲学校的住处，只是一间小小的房间，容不下另一张床了。为了我晚上住哪儿，她们争相过来邀我前去。我对这些情况一无所知，当然是没有什么发言权的，

※春日柯村

最后是村长替我定了一家。定好后，那位婆婆就在村长家不走了，专门候着我，似乎还怕谁中途把我抢走了似的。

饭后，婆婆点着一根葵花秆当火把（以前农村都用这个作为夜晚外出的照明），拉着我的手深一脚浅一脚地往她家去。那一年，柯村最山里，还没有通电。我走进她家时，为了屋子亮堂，她们点了两个玻璃罩的煤油灯，灯光闪烁中，每个人脸上都笑意盈盈。"呵，来看看来看看，屋子都收拾好， 床也都铺好了。"一个小阿姨拉着我手走进一个房间。这个房间，四周墙体都是木板的，板壁上都是朱红色，房门上挂着一张红艳艳的"囍"字。哦，不，其实到处都是"囍"字，到处都是红色，衣柜上、桌椅上、床板上、木盆上，甚至竖在旁边的两条扁担上。我一下子看明白了，这是一间新新的婚房呢。原来，为了我过来住，村长选了目前村里最新最好的一间房，一间婚房。"俺们山里还没通电，你不习惯吧。别害怕，今晚就让这盏灯这么亮着，我半夜给你续油，你只管安心睡。"

※秋日农家

她一边给我交代着房间布局，一边拉我到床前，要我早点休息。那时虽小，但一种感动久久涌动在心头，不知如何表达。只好十分乖巧听话地钻进了被子睡觉，以免又惊扰她们。

等到她们都悄悄退出了房间，我心才安定下来。这时，这个房间的气息，慢慢向我涌来。这是一种十分陌生但好闻的香，是那种新房特有的胭脂香，混合着被褥上阳光的清香，混合着淡淡的木头香，也混合着刚刚点燃的煤油灯的味道。那种香，不黏、不腻、不浓、不浊，悠悠的、清清的、甜甜的，闻着十分舒服。我原本有些忐忑紧张的心，就这样舒缓下来，不知不觉就在这样的香味中睡过去。梦境中，亦有香味，那是阳光下，一片青草地上野花的芳香，我深深地深深地把头埋进去，贪婪地吸着，直到第二天在透过窗棂的阳光中醒来……

从此，柯村便以这种香，留在我的记忆里。

父亲从柯村调到县城教书后，我再没去过柯村，但只要谁一提起柯村，我便觉得万分亲切。那里是父亲的第二故乡，仿佛也便是我的。

有一次，几个朋友说要去柯村吃年猪饭。我对年猪饭的兴趣倒不大，因为自己从小在乡下长大，每年快到春节时，都做年猪饭的，并不觉得有什么稀奇。倒是因为去的是柯村，我便欣然前往。

那是个晴朗的冬日，我们一行乘车达到柯村时上午十点多。主人家的猪已经杀好，正在噼里啪啦地放鞭炮。望着门口许多个竹匾里摊开的热气腾腾的猪肉，听着这些鞭炮的声响，看着在一旁切肉、择菜忙乎的人们，心忽然就像回到童年时那般欢愉起来：这才是真正的乡村的年味呢！

记得小时候，家里杀年猪，那可是我一年中最快乐的时候。家里的猪，都是我天天打猪草、煮猪食喂大的，看着它们长得白白壮壮的，转眼就能成为家中一年的美味，我心里那个开心和自豪难以言喻。杀猪师傅是很早就定下日期的，他穿着套靴、系着皮围裙，杀猪前照例要将几种不同功能的刀相互磨得锃亮。杀猪需要几个力气大的人做帮手，把不肯出栏的猪赶上杀场。那场面有些血腥，但在乡下见多了，又对杀猪过年有着强烈的期盼，倒不觉得什么了。杀猪师傅动作十分的娴熟，放猪血、刮猪毛、清理内脏、取板油和花油（猪肠子边上的油），等等，一气呵成。我常常就站在一边傻傻地看着，时不时抓起猪尾巴把玩一会，用手去摸摸好看的花油。杀猪师傅兴致好的时候，会用一根管子吹一个足球般大小的猪尿泡给孩子们玩。当然那基本是男孩子玩的东西，他们当足球扔来踢去的，我只远远地看着，操场上传来一阵阵快乐的笑声……

这时，我就在一边等着刚刚那盆猪血，母亲定是第一时间放些盐拿去煮了。新鲜的猪血煮好特别嫩滑，我常常就着热锅抓一块放嘴里吃。母亲知道我们馋，也常常把边缘那些碎碎的拣了给我。然后，母亲就将那一大盆猪血，切成一小块一小块地放到碗里，并在每块猪血上放一块猪油，让我一份一份送给左邻右舍。我是最乐意做这件事的。每每我兴冲冲地捧着一碗猪血到邻家时，都会换来她们热情的招呼和表扬，有的还会拿出糕点、糖果往我口袋里塞，这种既讨好又有实惠的活儿，当然何乐而不为呢！傍晚的时候，母亲的拿手菜萝卜烧肉也熟了，又会嘱我每家送上一碗。我捧着香香的、热热的萝卜烧肉，挨家挨户地送着，跟叔叔婶婶、爷爷奶奶们亲热地打着招呼，心里快乐极了，仿佛这才是过年才应有的欢畅滋味。

话说远了。说说眼前这柯村的杀猪饭，是个啥滋味呢。中午未见有什么特别，就着猪肉、猪肝等做了一些菜吃了，味道自是鲜美。但朋友们都说，晚上才是真正的年猪饭呢，我有些纳闷又有些期待。

饭后没一会儿，我就看见主人家围着一口大锅忙开了。他们把晚上要吃的菜全部准备好后，竟然一下子全放进一口铁锅里煮去了。这样的"大锅菜"是个什么味道呢？朋友见我担心又纳闷的神情，神秘地说："晚上叫你尝尝柯村千层锅。"许是之前孤陋寡闻，真没尝过。晚上快开席时，只见他们往一张矮桌中央，摆了一个竹编的托，然后把那口热气腾腾的大锅整个儿放在那个托盘上。大家都端着碗，围着大锅坐定。"开席了！"只见锅盖一掀开，肉香、菜香、豆腐香、萝卜香还有那酸菜香扑鼻而来。那锅里，全是菜，但摆放特别整齐。最上一层是红烧肉，硕大肥实，油而不腻，边上是排列整齐的肉圆子，贴锅的一层，有青菜叶子围着，特别好看。大家吃着上一层，下一层便露了出来，有干笋、笋衣、豆角、干羊角、粉丝、酸菜、萝卜、猪血、辣椒，等等，一层一层厚厚实实的，我都不知道到底有多少层，难怪是名副其实的"千层锅"。这锅里每层原料不一样，所放的调料就不同，味道自然也不同，但经过大火烩煮，这些不同的味道既互相区别又互相补充，形成了这千层锅独特的风味，那叫一个鲜美！

对于第一次吃千层锅的我，那可真是一场饕餮盛宴。每一层味道我都要品尝，每一种菜我都要吃上好几口，几层下来，就饱得不行了，但还是舍不得放下筷子。朋友们也大抵如此，敞开吃着、热烈叙着，真是其乐融融、别有趣味。边吃我边想，这些年，柯村正在大力发展乡村旅游和红色旅游，如果能把这美味又乡土气息浓厚的千层锅也当作旅游产品营销出去，定会受到游客的热烈追捧。

细细想来，柯村的千层锅可真比我家乡的杀猪饭更有特色和味道，从此便再也不能忘了！

2014 年 9 月，在柯村举行了隆重的柯村暴动暨红军北上抗日先遣队进驻柯村八十周年纪念活动。

柯村，可以说是一片红色的热土。

1934 年 8 月举行的柯村暴动，是土地革命时期皖南地区范围较广、声势浩大、影响深远并在当时取得完全胜利的一次农民暴动，它有力配合了闽浙赣苏区的反"围剿"斗争和方志敏同志率领的红军北上抗日先遣队在皖南的行动，动摇了敌人在皖南地区的统治，播下了柯村苏区的革命火种，创建了皖南革命斗争中的第一块革命根据地，是刘毓标等革命先辈们在残酷的现实条件下，结合柯村及周边区域的实际，创造性开展革命斗争的结果。

当天的活动内容包括：参观方志敏旧居、柯村暴动纪念馆和革命老区经济社会发展成果图片展，举办纪念大会，为方志敏、刘毓标铜像揭幕；在金陵黟县宾馆举办《紧握橹枪》首发式暨赠书仪式、秋色黟县暨 "红色之旅"产品推介会和八十周年纪念座谈会等。纪念活动还邀请了革命先辈陈毅、粟裕、刘毓标、方志敏、乔信明、刘英烈、宁春生的儿子、孙子、外孙等革命后代。

我随着记者们一起参观、采访，与革命先辈的后代们交流。这是我第一次深入地了解这段历史，近距离地与他们对话，崇敬、敬仰、感动、感恩在心底涌动。

　　在柯村，我们先后采访了开国少将乔信明儿子乔泰阳将军、开国少将刘毓标的儿子刘华明书记等，他们对前辈遗志的继承、对柯村这片土地的深情，让我心潮起伏。

　　采访乔泰阳将军时，他说："这一次，我参加柯村暴动暨红军北上抗日先遣队入驻柯村八十周年活动，又一次来到了黄山，我是非常激动的。因为我们对黄山有种特殊的情结，主要就是我的父亲，在他的一生中，在黄山曾经打过仗、流过血，在这里有很多值得他难忘的回忆。后来他又来到黄山，把他的回忆记录下来写成小说《掩不住的阳光》，都是在黄山完成。""那么我们整个社会风气更好的话，我们的革命建设就能够发展得更快，人民的思想境界就更高，腐败现象就更少。所以现在我们要很好地弘扬先辈这种革命精神。"

　　采访刘华明书记时，他说："他（指刘毓标）把在这（指柯村）开展革命斗争工作看作他一辈子当中最辉煌的一页，所以他多次来这。""他们对这片土地是魂牵梦萦的……""现在（我们搞这个活动），

一是对这片革命热土有深厚的感情，另外也想通过这样一些活动来继承先烈的遗志，发扬他们的精神，激励我们后人。"对于柯村的发展，刘华明也推心置腹地谈了很多建议，希望把红色资源与爱国主义教育基地建设、旅游开发、摄影产业甚而与休闲度假结合起来，扩大柯村吸引力与知名度。

为使柯村纪念馆资料更加充实，纪念活动结束后，刘华明书记还特地寄了《刘毓标纪念文集》《我的父亲刘毓标》《刘毓标 赵倩纪念文集》等书籍给我们，对这片红色土地的拳拳赤子之心令人动容。

而今，柯村这片红色的土地，已经成为我们缅怀先烈、进行爱国主义教育的基地，柯村的红色旅游正方兴未艾、大步向前。与此同时，每到春天，被誉为"皖南最大油菜花盆地"的柯村，游客、摄影人更是络绎不绝，在他们的眼中、镜头里，柯村，是那样五彩斑斓、活色生香！

这也便是我记忆里色香味俱全的柯村！

※ 大山深处

残喘的流萤

又是一年酷暑，都市里的夏夜奇热无比，数以百万计的空调机一天到晚轰轰地运转着。这些年，好多地方白天不再像白天，因为太多的雾霾遮去了蓝天白云，黑夜不再像黑夜，因为有太多炫目的灯光搅乱了黑夜的静谧，于是我想起童年生活的乡村，特别是乡村的夏夜。

记忆中，乡村的夏夜萤火虫特多，那一闪一闪的光亮在夜空中舒缓地飘忽，让人想到仿佛是一群曼妙的仙女，在夜空中轻盈地舞动，那一闪一闪的光，就是镶在她们衣袂上一颗颗闪亮的宝石。

儿时的我们，夏夜常常三五成群挥舞着扇子去追逐捕捉萤火虫，当然，我们没有古代美女那种"轻摇罗扇扑流萤"的婉约，我们用的是粗俗的大芭蕉扇，或用麦秸编成的团扇。扑到的萤火

※ 乡村童年

虫，我们会把它小心翼翼地装进麦秆筒中，几只萤火虫在麦秆筒中爬行，发出不同色彩的光，有绿色的也

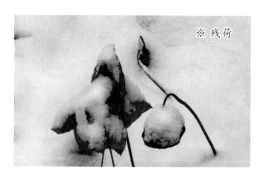

※ 残荷

有金黄色的，一闪一闪煞是好看，就像现在孩子们玩的那种装着电池的闪光棒一样。"萤"光棒制好后，我们一个个便像举着一支支光芒四射的"火炬"，要用它驱散眼前的黑暗，于是，乡村中那没有路灯的街道上，便走过了一群举着麦秆荧光棒的孩子，我们一边走一边高声唱着刚刚学会的童谣："萤火虫，光亮堂，亮堂光，走四方，四方来，发大财……"

有时候，小伙伴们因为各种原因没能聚到一起，只有我一个人在扑萤火虫，扑的多了，麦秆筒装不下，就用一个小玻璃瓶把他们装起来。几十只萤火虫装在瓶子里，发出的光忽明忽暗，或此明彼暗，我曾用它去照连环画，结果是一个字都看不清楚，于是便对古人那"囊萤夜读"的典故产生怀疑，不知古代的萤火虫发出的光是不是特别的亮，抑或是那仅仅是古人精心编出的一个"惜阴劝学"的故事而已。

萤火虫不但为我们这些乡村的孩子提供了夏夜的童趣，而且它还是气象预报员。有时，那三五成群的萤火虫，不在室外飞，而是

往屋里钻，大人们便会说："萤火虫进屋，明后天要下大雨了。"果不其然，第二天天就变了。

　　只是这些年，萤火虫越来越少了，即便是在乡村中，夏夜也很少能见到它们靓丽的倩影，专家说是因为我们的田里用了太多的化肥，打了太多的农药，萤火虫已失去了繁殖的条件。化肥农药帮助人类解决了温饱问题，萤火虫却将为此付出种族灭绝的代价，若干年后，它也许只能留在人们遥远的记忆中，不能不说这也是一种遗憾。

※ 逗牛

到屯溪老街吃馄饨

知道屯溪的"汪一挑馄饨"是在一本《黄山度假旅游》上。因为自己上面有两篇文字，拿到杂志后，爱屋及乌地很是认真地看了上面的所有文章。

有一篇《徽州小吃》文章的页面上，汪一挑馄饨的招牌图片醒目地占了四分之一的篇幅，还有很多他当街表演烧煮馄饨的照片。照片上，他着蓝布对襟衫，一副扁担挑子，两头挑着做馄饨用的一应物什。他神态自若，锅里的热气氤氲着遥远的往日的情怀和家常的温暖的味道，看着，就被吸引了。

那以后，在电视上、报纸上、网络上，又在很多看似不经意的时间和地点见了很多篇关于汪一挑的报道——说到底还是专注的力量。

我一直很好奇，一碗平平常常的馄饨，怎会让他煮得这样风生水起、美名远扬呢？想着什么时候去尝尝。

这个周末，带了女儿在屯溪老街上逛。女儿很是开心，要了很多小吃，什么油炸臭豆腐、"蟹壳黄"、"一碗香"，等等。一路下来，

※农家豆腐坊远离机械作业

女儿直喊吃饱了，似乎在提醒我晚餐不要像往常一样督促她吃饭了。她那点小心思！

就这样转悠着，心里老嘀咕：这么多卖小吃的，怎不见那著名的汪一挑呢？

一条街走完了，转过街角，汪一挑的那副担子，就这样毫无征兆地闯入了我的眼帘。

木质的担架，两边是半人高的柜子，有精美的镂空木雕，上面插着一面蓝印花布的旗子，上书"馄饨，汪一挑"，还有他本人的照片。柜子旁边也有一个蓝布包，上面介绍馄饨的价格等，倒是很配套。这两个柜子，可是汪一挑当街煮馄饨的全副家当，不仅炉灶、锅、碗、

※ 落满红叶的山道上，走来卖豆腐的老人

热水瓶全在，那些馄饨皮、馅儿和装配料的瓶瓶罐罐颇有章法地陈列其上，还有很多多功能的小抽屉小隔层，演绎着这副挑子的精细。我盯着看了半天，心中窃喜，打定主意去尝尝，女儿则好奇地围着转圈，仔细研究，只是不见汪一挑本人。

正纳闷，有人招呼："吃馄饨？里面坐！"招呼我们的是一位四十左右的男子，着一身蓝印花布衣服，平头，脚蹬宽口布鞋，面目和善，我想这就是汪一挑了——那招牌似的打扮。抬头一看，原来我们正站在汪一挑的店铺门口。我曾经看到的不是他当街卖馄饨的吗？现如今有固定的店铺了！店铺不大，但很徽派的装饰，雅洁温馨，悬挂的红红的中国结衬出一些祥和喜气。一楼小厅里最醒目的是墙壁上一溜的照片，均是和汪一挑品牌发展有关的、有纪念性的合影照片，有法国前总统德斯坦、疯狂英语的李阳以及很多电视节目的主持等，让我们刮目相看。

女儿在这当儿已经忍不住嚷嚷了："妈妈，咱来一碗？"我看着她那馋样，忍不住奚落她："你不是已经饱了？"女儿笑嘻嘻地贫着："你不是希望我多吃吗？闻着这香，我食欲来了！""那就来两碗小的吧，总要尝尝味道。"汪一挑爽快地答应着，说一会就好。我还在饶有兴致地看那些照片和店里相关的报道，才一眨眼，热腾腾的馄饨就上来了。我很是奇怪："这么快呀？""你放心，我这是现包现下的，保准新鲜！""（后来看报道才知道，我错过了一个精彩的环节，就是看他包、煮的全过程，评价是：那过程，绝活，行云流水般，可观性非常强，像艺术表演似的。曾被多家媒体拍摄。没跟着去看看，遗憾呀！）

我看那碗里的馄饨：一个个温软光滑、薄如蝉翼的馄饨皮如曼妙女子飘飞的衣袂，在稠而不浊的汤里舒展；皮里红润的肉馅在汤里起伏，勾起我们的无限食欲。才一会，女儿已经三下五除二把自己那碗吃了个底朝天，然后说："我刚才那个是鸡汤的，我再尝尝你这个高汤的。"不由分说就到我碗里来舀了。说真的，这馄饨真的好吃啊！肉嫩鲜美，汤味醇正，淡而有味，鲜而不腻，入口即化。汤里的佐料也很丰富，油条、油渣、紫菜等，香味扑鼻。难怪我这挑食又直嚷肚子饱的女儿吃了还要，还摇头晃脑地来了一句："果然名不虚传！"

汪一挑名汪自立，因为每天都挑着这副担子在老街上，这汪一挑的名号比真名叫得响了。汪一挑健谈幽默，在我们吃的当儿，因为顾客不多，又看我极有兴趣的样子，便很高兴地和我攀谈了起来。"汪一挑馄饨"是黄山市唯一以自己头像和文字注册商标的小吃。碗勺由环保树脂材料特制，全打上了汪一挑的头像和名号。他说卖馄饨是其祖传的行当和手艺，这副挑子是他曾祖父一百二十年前亲手制作的，后他爷爷继承下来，他父亲因为年轻时经历一个动乱的年代，这才隔代传给了他。"我去重操祖业，开始也是迫不得已。"原来他高中毕业时，曾外出打工过，回来后苦于找不着合适的工作，才开始在老街又挑起馄饨挑子。虽这卖馄饨是祖传的手艺，但每每都是家里最不成器的人无法生计时才选择继承的，所以汪一挑年轻时没想也不愿去继承这份祖业。"刚开始卖时有些困难，每天在老街转悠、吆喝，辛苦不说，还得与市容部门躲'迷藏'。直到后来央视《走遍中国》采访报道，才有了安定的经营环境。"

经过几年的努力，如今的"汪一挑馄饨"，已经成为老街的一个品牌、一道风景。虽有固定的店铺，但他每天还是要挑着担子在老街上走走，和来来往往的行人聊天宣传，为他们当街表演已成他的一种习惯和兴趣。一个不经意，这副挑子成了宣传徽文化的流动站，成了外来人探究徽文化的一部分，既古朴又现代，与老街的古拙与悠远相映成趣。

馄饨吃完了，女儿和我依然是意犹未尽的样子。说好下次再来，啥都不吃，直奔汪一挑，并且一定要来一碗大的，好好儿解解馋！

纳凉追忆

进入盛夏，连日的酷暑高温，特别是入夜，闷热常让人心烦气躁，不开空调，简直无法入睡。也许是温室效应真的让地球变暖了，因为记忆中，我们儿时夏天似乎没有如此酷热，那时，没有空调，也没有电扇，整个夏天，乡间人充其量也就是摇一摇那麦秆编成的团扇。

那时候小县城里夏夜纳凉，人们不会去河边，说是那里蚊子多，也不会去山边、树下，说是那地方蛇多。人们纳凉只在自己院子里或大门口。

※ 清晨，西递村民的生活就是这样悠闲从容

太阳落山时，大人会支使孩子拎着刚从井里打上来的凉水泼洒在院子或门前的泥地上，那清冽的井水，让炙热的土地仿佛打了一个寒战，激灵地腾起一股热气。待地表的温度降下去后，大人们便会点燃扎成一束的干艾秆，然后将明火吹灭，只让它冒着缕缕青烟，再将它放置在上风口，驱走蚊子。随后便从家里搬出竹制的凉床、竹椅，再用冷冽的井水将它们擦拭一遍。纳凉时在那凉床和竹椅上躺下，背部有丝丝凉气，仰望星汉灿烂，想着"天街夜色凉如水，卧看牵牛织女星"的诗句，然后悄然睡去。

※ 梦之绿

孩子们纳凉时,常常趴着或躺着,而母亲常常是坐在孩子的旁边,轻轻地摇着扇子,驱走孩子身上的热气,也驱赶那敢于冒烟而来的蚊子。

我之所以对夏夜纳凉极感兴趣,是因为纳凉时,大人会给我们讲故事,教唱童谣。教唱童谣的活动一般由母亲、奶奶、外婆一类的女性来完成,我如今仍能张口就来的一些童谣,记忆中便都是在夏夜纳凉时学到的。而讲故事大多非男人莫属,我的姑父是小县四里八乡有名的风水大师,特别见多识广,所以肚里的故事也特别多。每当被母亲的扇子扇得迷迷糊糊的将要睡去时,一听到姑父的声音,我便会从凉床上一个鲤鱼打挺坐了起来,缠着姑父一定让他讲个故事,并招呼左邻右舍的小伙伴赶快过来。为了能让姑父高兴地坐下来,我又搬凳又倒茶,还从母亲手上夺过扇子,坐在姑父身边一下一下给他扇着,往往是扇到一百下后,姑父才抿了口茶水,清了清嗓子,绘声绘色地讲起来。因为姑父是风水大师,所以讲的故事大多是神鬼一类的东西,我们感到既神秘又恐怖,讲到高潮时,姑父还会装出神鬼那令人惊悚的表情,吓得我赶快藏到母亲怀里,为此,姑父没少受姑妈的责骂。

躺在凉床上,闻着艾草焚烧时的香味,数着深邃夜空中的星斗,这份闲适,如今在乡村里也很难见到了,取而代之的是坐在空调间里,

对着五彩缤纷画面的电视机，不断按着遥控器。时代发展虽让人类得到了很多，却也失去了很多。

老屋

我说的老屋，其实是外公的老房子。

房子很大，典型的徽派建筑，粉墙黛瓦、飞檐翘角，高大的门楼、

※ 南屏敦睦堂

厚重的木门、古拙的石墩、繁复的砖雕木雕、一间连着一间的房屋结构、清凉的石板、宽敞的前厅、高大的天井、温馨的阁楼……这一切，给小时的我一种神秘而幽深的感觉。这老房子应该是一栋清代的建筑，历经岁月沧桑面貌依旧，只是那些砖木雕上人物的头像在"文革"中给敲去了，那些木质的窗棂、门板显出喑哑的暗色，透出年代的久远。

那时，老屋是我们游戏的天堂。

※ 枯藤、老树、古屋

特别是夏天，老屋里凉爽极了，常常几个伙伴约着就在里面闹腾。老屋真的很大，从正厅到后面的厨房竟要经过几条回廊和几个功能各异的小厅，走过好几道门。只要往那屋里一钻，随便侧身躲在一个旮旯里都很难被发现，我们乐此不疲。有时，闹疯了，情急时，也就一身脏地往外公的古床里藏。那里面幽幽暗暗，加上旁有雕工精细的围板，伙伴很难发现我身在其中。每每倒腾过后，总会招来外公温和的训斥，也每每总是吐吐舌头做做鬼脸了事。有一次，躲在老房子二层阁楼一间堆放冬天被褥棉絮的屋子里，半天不见有人来找，又不敢发出声响，傻傻地执着地等着，迷迷糊糊竟睡着了。

直到傍晚，在奶奶势如破竹的喊声中惊醒，一溜烟下去，才发现母亲、奶奶惊慌的脸——她们到了吃饭时间，却找不着我了！！少不了一顿呵斥，还弄得全村都知道了，好糗哦！

在老房子大厅后面，还有一个小偏厅。那小偏厅也是我的最爱，因为那里有一个较小一些的天井，天井下是一个方形的用砖砌起来的深深的池子。枯水时，经常会有几只乌龟从泥潭里钻出来，慢慢地悠闲地在里面踱步。我是最淘气的，常准备了小石子，悄悄地砸它的硬硬的壳，乌龟开始是很受惊吓地缩回它的头，等好长一会儿，见没了动静，才又慢慢地探出来。如此反复多次，它竟再也不怕，大摇大摆地在我们面前晃，惹得我们几个围看的叽叽喳喳讨论个不停。这小天井极低，四周层层铺叠的青瓦和绿绿的青苔清晰可见。最喜下雨时，四周的檐水一滴一滴形成好看的一幕水帘，水全都落在池子里，一圈一圈，漾起美丽的涟漪，唤起我很多美丽遥远的幻想！

老屋还有一个大大的阁楼。它的房门和窗户正对着天井，因此不像别的屋阁楼那样幽暗。踏上厚实的木板楼梯，扶着磨得光滑的扶手，上了阁楼于我来说就像进入了一个宁静悠长而温馨的时空。楼上的房间应该是外公的一个书房，案几上摆放着文房四宝，壁板上挂着一幅古画，记得那幅画的画轴处似乎被虫子蛀了一些星星点点的小洞，外公曾不无遗憾地告诉我："要是注意些，没被虫蛀，可值钱了。"似懂非懂的我，也跟着外公深深地遗憾了一回。还有些画轴插在瓶子里，印象中我好像一直没有去打开看过，因为自己当时兴趣根本不在那儿。我上阁楼，全部的用心都在外公的那些书里了，小人书、线装小说书都是我的最爱。常常，一个个百无聊赖的寂静的午后时光都被我在阁楼里打发了。

老屋的春天是很热闹的。燕子来时，每年都会在大厅粗大的房梁上筑窝。两只燕子每天忙忙碌碌、来来回回，一派繁忙景象。过不多久，一个精致的燕窝就成了，再过不多久，就能听见小燕子啾啾叽叽的叫声，多么幸福的一家子！燕子是认窝的，一年来，好的话，

※ 老屋高低错落的马头墙

会年年来，这样，或多或少给家里带来一些不便，如燕子的排泄物经常落在大厅上等。也曾有人劝外公说，在燕窝还未成时，戳几回，它就不会再来了。但外公说，燕子来垒窝，是福气的象征，可不能去捣。后来就用纸板做了个托盘托在鸟窝下，解决了脏的问题。这样，我们每年春天就与燕子为邻了，也因此有机会细细地观察它们。有次写作文《我家的燕子》居然被老师当作范文在课堂上读，好好得意了一回。老屋，因每年如约而至的燕子，洋溢着春天的明媚和生气，在我们孩子眼里，愈发亲切可爱起来！

老屋，一年一年，经受着风吹雨打，陪着慢慢长大的我。后来外出上学，有次暑假回家，居然发现老屋正厅的右边一个房间门口堆满了乱七八糟的垃圾，散发着阵阵难闻的味道。外公依然住在左边一个房间，他说右边是一个一直独身的舅公住的，他不知为什么竟然舍弃了田间的劳作，走村串户收起了破烂，每天都会往家里捣腾这些垃圾，让人不可忍受，又毫无办法。我惊讶又无奈地望着老屋，既心疼已经渐老的外公居住环境的恶劣，又仿佛已经望见了老屋不远的颓败，心里充满了沮丧。

现在，每次回乡，都会去老屋周围看看。老屋外形依旧高大古朴，透着一种不容侵犯的尊严和庄重。但每次我都会惊讶地发现老屋周围那些和它一样老的房子渐渐一栋一栋地消失了，取而代之的是明窗净几、白墙琉璃瓦的现代小洋楼。老屋站在这些洋楼新贵面前，愈发显得苍老而突兀，像一位暮年的老者，佝偻着背，孤单地伫立。一次一次，我凝视着它，总会勾起心底的忧伤，被一种悲悯的情绪笼罩，这些孤寂的情怀，恐怕只有老屋知道吧！

捞鱼摸虾

在我儿时的记忆中，黟县堪称新安大好山水中的翘楚，到处都有参天大树，浓荫蔽空，到处都能看到清溪环流，听到潺潺淙淙。

最让人印象深刻的是，不管哪条河，哪条溪，甚至是一条终年只有活水流淌的小沟，你都能看到一群群的鱼儿、虾在游动。那时候人们也钓鱼、网鱼，只是网鱼多用两指甚至三指网，就是网眼大小以能穿过两根手指，甚至三根手指为标准，这样一网下去，逮住的便是一些稍大的鱼，而一些小鱼便轻松地从渔网中漏了出去。

听大人说，先前村中也有人药鱼，

※ 你先别看

※ 荷蟹图

用的是一种长在山上叫"鱼藤精"的草，把它捣碎，倒入溪中，水中的鱼儿经不住药性很快浮出水面，露出白白的肚皮晕过去，乡人称之为"翻白"。只是这种草药性有限，中毒的多是一些小鱼，而稍大些的鱼因为躲在河床底下或石缝里，药力无法达到，便让它们幸免

于难。因为药鱼，死的多为小鱼，乡人视其为断子绝孙的下三烂，以后要遭报应的，所以多不屑为之。

　　因为河里沟里都有鱼虾，每到暑假，我们这些小学、初中的男生便会邀伴去河里沟里摸鱼捞虾，水深的大河里我们不敢去，大人们"关照"我们说，大河的深水宕里有"水鬼"，为了找替身，常会出来一把抓住小孩的脚，拖往深水里将他淹死。这类恐怖故事对我们很有效，所以我们去玩水的小溪和水沟都很浅，最深的地方也不过刚刚过腰。一群男孩脱得光光的，在水里扑腾、游戏，偶尔也会静下来把手伸进堤岸的石头缝里，想在那里摸出一条鱼一只虾来。当然，那时的摸鱼完全没有那种功利思想，不会想到摸几条鱼拿回家去大快朵颐，我们摸鱼，纯粹是为了好玩，玩够了又把鱼放回水里，看着它渐游渐远，心里感到特别满足。

夏天虽然很热，上午我们猫在家里做暑假作业，下午家前屋后的小溪小沟就成了我们的天堂，那种光溜溜的身子与清凉的流水亲密接触的愉悦，使我们忘却了当时物质生活的艰辛。而一个暑假结束，孩子们大多学会了游泳，只是没有专业教练指导，我们的姿势是清一色"狗爬式"。

即便是"狗爬式"，应该说也是掌握了一门求生自救技能，关键的时候也许就能派上用场。联想到曾经报道的那几位高中生在村边水塘玩水时竟然不幸集体遇难的新闻，心里一直感到难过，想象

※ 乡村童趣

如果他们童年的暑假，不是宅在家里做那永远也做不完的作业，不是稍有空闲就被父母送去这个或那个特长培训班，而是允许他们与大自然亲密接触，也学会来几下"狗爬式"，他们青春的生命之花也许不会那么快就凋谢了。

行在秋雨中

秋的几场雨下得如春里一样缠绵，滴滴答答，似乎永远没有尽头！

小巷空寂，蜿蜒而去的狭窄似乎没有尽头，只有漫天雨，无边无际。我穿着凉鞋的脚已经湿透，雨水透过伞细细地淋在身上，薄衫已然濡湿，透着阵阵的寒意。走在雨里，心湿漉漉的。一些繁杂渐渐侵袭，诸多说不清道不明的心事迷迷蒙蒙，氤氲着忧伤、惆怅和无趣。偶尔，小巷里会有一把把高高低低的亮丽的伞，在灰色的天宇下，在徽派建筑的黛色里流过，带来一些突兀的明媚。

就这样茫然地走着。蓦地，巷角拐进一个矮矮的头戴箬笠的影子。奇怪的是那姿势，俯身，两手撑着一把四脚的凳子。前行时，先用两手将凳子移上前一点，然后借助手撑凳子的力量，将脚慢慢地向前挪动一步。如此反复，蜗牛一般。

待我渐渐能看清他时，才发现，那双脚，原来全是畸形的。双腿蜷曲，脚跟翻转，右脚还似乎短了一截，只能垂挂靠着另一只脚。前向时，他只能用一只稍微能沾地的脚着一点力，然后快速将重量又移向身前的凳子。这样的前行，我第一次遇见，一时竟看呆了。

他一直低头前行。这样的雨天，当我们都用我们的手高高地、优雅地、轻轻地擎起一柄柄漂亮的花伞的时候，他的手却只能用来帮助行走！

近了，更近了，当他一步步挪近我的时候，我忽然万分诧异而窘迫起来，还有一些手足无措，是那种不知如何面对的尴尬、惶惑。因为是他呀！是的，我认识他,很早了。可以说，每天我都可以看见他。

在我上班的路上，有一个小小的小小的门面，小得只容一人安坐在里面，

※ 雨后古巷

※古屋银花

那人就是他。他三十五岁左右，修理钟表的。门面靠路的一侧有一个小小的窗，他每天就面窗而坐，为顾客服务，和他们交流。我就是常去的一个。一直以来，我都有戴表的习惯，但我又是一个极其粗心的人，洗衣、刷碗、冲澡从不将表卸下。表倒是不会有任何问题，但那些皮质的表带被水泡了就常坏，因此我是他的老顾客。多少年了，我的表都在他那里换表链。因为他的热情、厚道、沉稳，还有我欣赏的由内而外透出的踏实和沉静。

记得有一次，我的一块电子表不知为什么就停了，于是去他那儿换电池。他打开看后，轻轻地笑了笑说，电池没有问题的，是秒针卡住了。只见他轻微地用小针拨弄一会就完成了。他将表盖好还我，说免费，因为是这样小小的小小的事情。那时，我是深深看了他一眼的。说实在的，我每天经过他窗前，知道他的生意并不好，应该说是清淡吧。偶尔像我这样的人，换换电池、表链，不过就是几元钱的交易，一天也不见得有几个。这次，我拿表来，你就换换电池又怎样了，反正我又不知道；你就将毛病说得重一点点，又怎样了，多收十几元钱我会认为本该如此，根本不会追究。用得着这样踏实和诚信吗？因此，在欣赏他品格的同时，我更多的还有纳闷：一个大男人，每天安于这样琐碎、细致的工作，没有前途更没有光彩。如此平淡、漠然的人生，于他，有多大的意义？

今天，这样的不期而遇，让我终于懂得了他的选择。一个依靠自己的双手，每天都在努力、自信、诚实、踏实地生活的人，难道不应得到我们最大的尊重吗？

他渐渐地挪到了我的身边，但我不敢正视，担心他别扭和难堪。而他，走过我身侧，自然地抬头看了看我。在我犹豫而矛盾的瞬间，忽然瞥见他脸上开出了一个一如我在他窗口时的那样熟悉的微笑，那笑容如此坦然、从容而安静。这个微笑，让我看见了他静水深流的内心，那心仿佛一条河，开阔、宁静、安详又柔韧，足以承载一生的颠簸与苦难。这个微笑，令我震撼，也让我的心霎时豁然开朗起来。我为自己刚才的闪躲、不安而羞愧，在这样一个微笑面前，发现自己的渺小和狭隘！

对于他，我不敢猜测、追溯到事情的最开端，那未免过于残忍。

但更加残忍的应该是在他终于长大，终于明白自己所要面对的是怎样艰难的一生的时候。这样的人生，注定没有春天的朗润、明丽，注定远离夏天的热烈、灿烂，有的只是这冷冷的下着雨的清秋啊！秋雨，绵长、凄凉，永远的孤寂，还有彻骨的寒意。也许他还未来得及叹息，没有时间自怨自艾和患得患失，就已经必然地行在了人生的秋雨中了。只能是品格坚毅、内心坚强、性格坚韧，才让他在面对曾经的不幸、如今的平淡、今后的寂寥时如此平和、疏远旷达！

　　行在秋雨中，他的步子这样坚定而从容。望着他深刻的背影，我陷入了震撼、感动后的深深思索，那些生命中微不足道的忧伤，此时，早已随秋雨一并远走……

放飞"天书"

　　像现在的孩子们一样，我们童年时，每年春天也都会去放风筝。只是现在的孩子放的风筝多半是店里买的，虽然五颜六色，形态各异，煞是好看，但因为是店里买来的，所以他们放飞的充其量只是一种"商品"。而我们的童年放飞的风筝，绝大多数是自己设计、自己糊扎的，虽很简陋，不登大雅之堂，但那毕竟是我们亲手劳作，所以，至今让我们感到自豪的是，我们童年放飞的是自己的"作品"。

对于童年的我来说，要创作这样一件属于自己的作品也非易事。要扎风筝，得有原材料，那时候的大人，每天在外为养家糊口而奔波劳累，无暇来顾及孩子们的课余生活，所以扎风筝所用的原材料都得靠自己去设法解决。正因为困难，也就激发了我们克服困难的智慧，比如风筝骨架用的竹篾，我们一没工具，二缺技能，想把一根竹片削成一根粗细均匀的风筝骨非常困难，往往弄得满手伤口也不能削出理想的一根。有一天，我们突然发现祭拜祖先用的那一支支香里藏着削得非常匀称的风筝骨，于是背着家人，从祭祀用的篮子里找出几支香，剔除上边的香末，立刻，一根两头粗细均匀的风筝骨便出现了。接下来是找糊风筝用的纸，那时候家里穷，没钱去

※ 其乐融融

买彩色纸，甚至想买一张薄薄的白纸都不可能，于是便想到堆放在楼上的宗谱，那里边的纸又白又大，只是上边印着许多我们不认识的字。不管三七二十一，我从中间撕下几页，估摸大人们即便是翻看，一时半会也不会发现。风筝糊好后，拿到野外去放，一些也在悠闲地放风筝的大人会嘲笑我放的是"天书"。说是天书也不错，我们扎的风筝没有什么技术含量，不是"门杠"形，就是"豆干"状，全是直线，没有弧度，光线好，风筝上的文字清清楚楚。

我的"天书"放得大多不是很高，是因为没有足够的线。我放风筝的线多半是从母亲的针线筐里"偷"来的，那时物资匮乏，孩

子们的衣服往往是"新三年、旧三年，缝缝补补又三年"，所以针线筐里的棉线一般都有好几束，有白的，也有黑的和蓝的，但因为那是母亲常用的东西，我不敢多拿，只能每种颜色拿上一点，然后一根一根接起来绕到线筒上。因为线不够长，所以我的风筝通常放得比较低，与那些家境殷实，用的是不易扯断的缝纫机线，风筝放得又远又高的孩子相比，有些自惭形秽。但那种不愉快的感觉转瞬即逝，很快我便沉浸在放飞自己作品的喜悦中，那种喜悦常常让我忘记时光的流逝，以致忽然间发现身边的小伙伴们已经所剩无几了，

※ 花儿与少年

才赶快绕线收起风筝，好在线不长，收得也快。下得山时，已听到母亲在村口的呼唤声，那呼唤声合着炊烟中的柴草香味，直到今天依然让人感到心里暖暖的。

老井

老井，就在我家屋后，三步远的距离，以至于我内心里一直当她是我家的一部分，内心里有一种深深的认同与亲切。

弄不清楚老井何时打凿的，反正比我的年龄长多了。听长辈说原先老井这儿是个乱石坡，有一年大旱，原先村中央的一口浅水井居然干涸了。那时一眼井便是一村老少的生命之源呢，于是大家慌忙到处另择地方打井。打来打去，不是白劳无功不见水就是水质特差不能喝。最后村里一老者在这乱石坡上发现一处水草茂盛丰美之地，遂带领大家开凿。开始，挖了很深，仍不见水，大家正要泄气，老者却斩钉截铁地说这里定有甘泉。在老者的坚持下，井是越挖越深，一日，正当大家疲惫失望之时，那水便毫无征兆地汩汩而出了。从此，永不干涸，从此，一年四季以她清冽纯净的甘甜滋养着全村的人。

老井的井壁自下而上用厚重的青砖砌成，井圈用一整块麻石凿成满满当当的圆，看上去朴素又古拙。由于年代有些久远了，井壁上青苔茸茸，罅隙里一些喜阴喜凉水草一根根站立，在不见天日的世界里默送春秋。井沿是最能看见岁月的痕迹的，原本光滑完整的沿边已被绳索勒出了一道道深深的凹痕，沧桑凝重。

老井真的很深，幽幽得不见底。我家提水的吊桶，那根拧了好多结的绳子又粗又长又滑，奶奶每次提水总是一下一下放了很长时间才触到水面，提上来又费很长时间。我从小是个跟屁虫，跟着奶奶身后来来去去，只是从来不敢俯身去看那深井，心里又敬畏又喜欢。邻家有调皮的哥哥，常常趴在井沿上诱惑我，或丢一颗小石子，让我听听那沉闷却又极富乐感的声音，或用他那小小的吊桶吊一桶水上来，让我看看那些从井里捞上来的小鱼虾，或说他看见了那井底的龙宫的幻境，让我也来看看。可我终究是不敢，只远远地望着，既羡慕又好奇，不知那神奇的井里有多少神秘。

可我真喜欢这老井。

老井的水特甜。我们村里人，干了农活回家来的，第一件事是一脚跨进厨房，打开水缸拿起水瓢舀

※ 井圈大井口小，为那些留守家乡的
女人汲水时提供了安全保障

一大勺仰头就咕嘟咕嘟一阵猛喝，真是解渴又畅快。我不知何时也养成了这种大口喝水的习惯，每每渴极了，就着水缸也来一阵牛饮，沁凉甘甜的水从喉管直达肺腑，真是透心的爽。可这，每每遭来奶奶的呵斥，她恐我喝生水会得病。哪晓得我从小到大，身体是最棒的，我想是纳了这井水之精华吧！

※ 三元井有着三元及第的寓意

老井的水冬暖夏凉。每个冬日的清晨，阳光还未升起、晨雾还未散尽时，清冷的空气让晨起的人们不免瑟缩着脖子，而此时老井口已蒸腾着热气了。从井里打上来的水，温热温热的，每个冬天都呵护着勤劳的女人们那饱经风霜的手。是的，早晨这里总是女人们的世界，她们总是早早地来这里占个好位置淘米洗衣。井边的石阶上，一溜的婆姨们，这边手脚利索地洗着，那边眉飞色舞地聊着家长里短。一会儿窃窃私语，一会儿高谈阔论，一会儿争得面红耳赤，一会儿又笑得前仰后合，真正是村里的新闻发布台。这时男人们一般可不敢从这儿经过，怕一个不小心成了她们谈论捉弄的中心话题。想想十几双女人的眼睛若在同一时刻齐刷刷望向正懵懂着行走的你，在不明就里的笑声和尴尬里，你不慌不择路地撞到树上才怪呢！劳作了一天的男人们一般喜欢在夏季闷热的夜晚来亲近老井。那时，井边总是听见哗哗的冲凉声，他们将一桶一桶的水兜头浇向全身，嘴里还不时哼着愉快的山歌，一天的疲乏也会顿时消散去了。几个男人在一起冲澡时，往往也会来上几句不咸不淡的荤话，惹来几声豪爽的应答或憨厚的笑，在静谧的夜里回荡……

对于老井，我家自然是近水楼台了。洗衣择菜、烧水做饭自不必说，夏日里它最好的功用是可降温。每天傍晚我家都会提几桶水来把院子的水泥地浇一浇，温度再高，几桶水下来，门前也是一片凉爽；从园子里刚摘回的西瓜，整个儿浸到装有井水的桶里，个把小时后，如冰镇过的一般；晚上夜读时，我也喜欢打一盆井水放在脚下，既可降温又可驱蚊……让我乡村的每个夏日都如此清凉。

老井开始寂寞也是后来的事。

有一阵，村里流行在自家院内打压井。使用时，只需放上一些引水，压动一会儿，水就会慢慢涌出，倒是十分方便。那时，老井边的热闹场景已不复存在了，但来来往往提水的总还有人。再后来，家家户户都安上了自来水，喧嚣的井旁可真是一下子寂静下来。那井，可真就是我家的了，因为好像后来只有我一家在用了。直到连我们也离开了家乡。

※ 大厅上凿一"井"形土空调,是古人
最具创意的节能环保设计

一次回乡,来到老屋旁,忍不住踱到屋后去看我的老井。确实有些荒芜了,原本用于倒水的小池里已经干枯,井四周蒿草漫漫,通往井边的路已找寻不见,也似要将井埋没。我伫立着,一种无言的感伤漫过我的心头,惆怅空茫的情绪一下子将我笼罩。

正在这时,看见村里的孙伯提着镰刀瘸着腿向我走来,大声地和我招呼。原来他是来清理这井边杂草来的。我问,还有人用吗?孙老伯说:"用啊!我一直用。这井水好啊,又甜又润,我一辈子喝习惯了!"原来这井孙伯一直打理着,两个月前他不小心脚扭伤了,现在刚好就来重新清理了。

孙伯还说,年前,老朱家一个台湾的老舅舅回乡,临走,啥都没带,只用个盒子装了一抔黄土、用个瓶子装了这一瓶井水带走呢!这水啊,就是故乡的味道,就是走到哪儿也抹不去的乡情呢!

我走到井边,望一眼我从小到大一直敬畏的深深的老井,并用孙伯的吊桶提了一桶水,掬了一捧喝下去,抹了一把清爽的冷水脸,甘甜如昨,沁凉如昨,亲切如昨……

今夜，月光如水。我在遥远处，思念故乡的老井。那幽深的老井，寻常的微风吹不起一丝涟漪，仿佛我幽深的记忆。但那心底的惦念，却如井底的水一般无时无刻不在暗自涌动，一次次漫过岁月的堤坝，给我带来灵魂的慰藉和心灵的温暖！

消失的野果

我们家虽住在县城里，但二十世纪五六十年代，人口少，县城周边有许多荒山坡，山坡上一年四季都有不同的野果，诸如山楂、野莓、油樱、桑葚……那时候我们家乡还没有大面积发展蚕桑，所以桑树多是东一株、西一棵散落在荒坡上，因为是野生的，没人料理，不施化肥也不用打农药，结出的桑葚特别鲜甜。而附近哪儿有桑树，我们是烂记于胸。每到桑葚成熟时，我们常常是几个小伙伴相约坐在树上，一人一个枝丫尽情享受，吃腻了就歇一会，靠在枝丫上仰望蓝天白云，可着嗓门乱嚷。桑葚的果汁常常染紫了我们的嘴唇，

※ 野板栗

也让我们身上的小白褂留下了斑斑点点，回到家里免不了父母一顿臭骂。

山坡上的野莓也非常好吃。野莓分几种：一种藤蔓趴在地上的，我们称它为"地莓"，果实红而亮，但个儿不大，味道一般。而与地莓相似的另一种也趴在地上的莓，果实成粉红色，色泽稍稍暗淡些，大人们告诉我们那叫"蛇莓"，说是上面有蛇的唾沫，这种莓我们从来不敢采摘。野莓中最好的是"牛奶莓"，它的藤不是趴在地上，而是攀附在荆棘上，有时运气好，发现一个大丛，一颗一颗又红又大的野莓垂在藤蔓上，真的就像哺乳期母牛那一排红红的奶头。牛奶莓特别甜，乡村里人常把它采来带到集市上卖。卖牛奶莓用的是乡村人家量米用的竹筒，城里人花上个几分钱便可买上一筒大享口福。

※ 你一口，我一口

采摘野果给我印象最深的是摘山楂。山楂藤虽也是一丛一丛的，但比牛奶莓的藤更大些，也更硬些，所以也叫山楂树。山楂色彩丰富，有大红的、粉红的，有青的、黄的，最上品的山楂我们称之为"糯米山楂"，它的颜色和口感类似今天的金帅苹果，而且个头比一般山楂稍大些。采到这种山楂我们往往舍不得吃，而是用线把它串起来像"佛珠"一样垂挂在胸前一晃一晃地向人炫耀，这样做常常会引来其他小伙伴眼馋地打听是哪儿采的。我们便会很骄傲地从"佛珠"上扯下一个让他尝一尝，然后故弄玄虚地说："跟你说吧你不知道，带你去吧路又远。"看到对方一脸失望，我们心里别提有多得意了。

当然，最初带我们上山去识别采摘野果的都是家里的大人，可当我们掌握了这门知识后，大人们有

※ 童年趣事

些后悔了，因为有野果的吸引，每逢节假日，我们会偷偷溜出家门，满山坡去撒野。大人们知道了也只能骂几句了事，仔细想想他们也没办法，因为一辈一辈就是这么过来的，在那物资极其匮乏的年代，漫山遍野的野果给我们的童年带来了许多乐趣。这种乐趣是物质生活极其丰富的今天的孩子们很难享受到的，他们从小就被圈在家里，野外活动极少，更不知山林里、荒山上什么能吃，什么不能吃。如果挑战生存极限肯定比我们这代人差多了。

遥远的遥远，是天堂

中午，顶着烈日，牵着女儿的小手回家。

以往，都是走大路，但今天为了避开炎炎烈日，专找小巷弄走。

拐过一个高大的老房子，抬眼，看见前边我隔壁的老王家门前赫然一座红漆的棺材。屋里进进出出的人，嘈杂的人声、哭泣的声音穿透刺目炽热的阳光，带来一股寒意。

我猛然意识到，老王，已经走了。

最后一次见老王，是在两周前。我那天路过他家，他正颤颤巍巍扶门框而立。双目低垂，脸颊瘦削，特别是那双手，让我大骇，竟可以瘦成这样，说是芦柴棒一点都不为过。他见我，微微抬眼，轻轻地朝我点了个头，我亦无声地招呼了一下，快步躲进家里。因为我实在不忍看他被病痛折磨的这个样子。

哪里想到，才这么点日子，生命已经走向邈远。

女儿并不能理解，死，对人来说意味着什么，从棺材边过时，一点儿也不知道害怕。我说，那是人去了遥远的遥远，不再回来了。女儿也只是似懂非懂地点头。

想起我小时候，对人过世，大概也是这样的懵懂吧。因为我从小到大，家里并未有过丧事，看见邻家的老头老太离开人世，母亲也总是安慰我说他们幸福地去了遥远的遥远，那是天堂。因此，那个遥远的遥远，便有了很多很深邃的神秘，神秘中还夹杂一丝不为我们所触摸的美好。

小时，我家隔壁一九旬老太去世。入殓时，我亦好奇。见其孝子贤孙一大片伏倒在地，哭声连绵，我原本不曾明白他们缘何这般哭泣，只是那声势浩大的哭声感染了我，我站一旁也号啕起来。而当时心里想得最多的是：太婆此去遥远，再也不能踮着她三寸金莲的小脚，摇摇晃晃到我家给我糖果吃了。心里惦记着她何时再回来。

后来，村里陆续地有老人过世，我亦都去看看。常有大人阻拦我，说小孩子容易看见不干净的东西，我却从未感觉害怕。村里大人都说我胆子特大，我却不以为然：他们走了，从前对我那样好的，我去送他们，为什么要害怕呢？我只觉得他们即便是不会说话了，心里亦是想着我爱着我的。

只村里一个妇人去世时，我曾深深地为她担心过。她因为和丈夫发生口角，自己服毒死了。村里有个陈规，说是自杀之人出殡，不能从其他人家门前经过。于是，他家只好择了荒径出村，草草掩埋。她走的方式是如此烈性而悲壮，离村的方式又是这样敷衍而潦草，

※ 雪后宏村如同一曲梦幻的旋律

　　我总是怕她心有不平，而到达不了我内心觉得离去的人都会到达的遥远的天堂。为此，我遗憾了很久。

　　真正让我感到心疼的是阿婆的离世。阿婆是我家远房的亲戚，住在同一个村。小时，因为父亲在山里教书，母亲忙于劳作，奶奶还没到我们身边来，一个个夜晚，常常是阿婆陪着我。没有电视，阿婆的故事却很精彩；没有电扇，阿婆的蒲扇也很凉爽……小时，阿婆是我的依赖。但，阿婆终归是老了，老到了某一天再也起不来了。我看着安静地躺在那里的阿婆，撕心裂肺地哭。我不愿意送她去那

※ 夕阳下的古居

个遥远的天堂，只要她每天实实在在地对我好，就是幸福了。但阿婆还是被抬走了。我默默伤心了好长时间，阿婆的离开，也终于让我对死有了深刻的痛心的理解。

　　人生本已短暂，太多的东西看不透说不明，何况生死的轮回、生命的始终！有很长一段时

间，不敢论生死，感觉那太深邃太虚无，让人恐惧。后来读庄子，他鼓盆而歌笑谈生死的大境界确实令我顿悟不少。近来，于丹的心得又使平凡的我们离庄子似乎更近了一步。"人，活还没有活明白，干吗去想死亡的事呢。在这一点上可以说儒道相通，给我们的都是一种温暖的情怀和一种朴素的价值，就是'活在当下'，永远是这四个字。人是活在当下，在当下看破了名，穿透了利，甚至不惧生死，那我们的心灵空间能有多大啊！这是一份大境界。""大自然它赋给我形体，用生活来使我劳顿，用岁月来使我年老，用死亡来使我永远休息。自然是变化的，人必须顺应自然，这样才能不喜不惧。"于丹的解读，让我感到每一分每一秒活在当下的幸福和现世的美好，也让我对于死的命题有了更超脱的理解和看法。

近年，经常参与一些丧事，常常在哀悼时，内心平静，只觉那不过是一种生命形态的转化。人的生老病死都是循环之法，应当顺物之则、缘理而动。5·12灾难，那样多的生命瞬间陨落，强烈的震撼和悲痛中，也唯有祝愿逝者一路走好，走到遥远的天堂！

这样的夜晚，当我在这里从容安静地谈论生死的时候，隔壁家已经开始"回煞"仪式了。婆婆千万嘱咐晚上不要外出，早点睡，还担心这样的夜里我一人在电脑前会害怕，怕有怪异之物扰我。其实，我心亦安。人总是在自己的哭声中开始，在他人的泪水中结束。若真有魂灵，在回家时也必是最后望一眼尘世自己所居之所、自己所爱之人，再最后留恋世间一回，才得以安心奔赴自己的遥远吧。生者何惧之有？此刻，我脑海里飞速地掠过生命中出现过的已走向遥远的人，涌起的不是悲凄的伤心，而是永远的感动！

"人是世间的匆匆过客，躯体只是灵魂临时的依附之所。活着只是短暂的一瞬，死后才是永生。"只希望，那遥远的遥远，真的是天堂，所有离去的人们，在那里都能够获得最终的安宁。并，在某一刻，能够把所有祈福与祝愿送给温暖的烟火人间！

竹笋嫩时蕨菜香

乡间春天剜野菜多半是女孩子们做的事，但有时稍小些的男孩也会跟在她们身后去做，因为剜野菜能改变餐桌上一成不变的菜肴。男孩子去剜野菜也多半是去凑热闹，跟着姐姐们出去散散心。

※ 桃源春色

※ 清贫乐

　　每到春天，乡间的野菜总是丰富多彩，有水芹、马兰、百花菜、荠菜、五加皮、蕨菜和小竹笋。

　　水芹菜往往长在潮湿的水沟里，所以又称野水芹。因为潮湿，生长水芹的地方往往也是蚂蟥滋生的地方。因为蚂蟥的吸盘常常会吸附在人的皮肤上，从毛孔中吸取人的血，所以在剜野芹时我们都会小心，察看周围没有蚂蟥时才下剪子，即便如此小心，回家来洗涤时还常常在芹菜的根茎中发现细小的蚂蟥。而五加皮的藤上长着硬硬的刺，采摘时，稍不留神就会在手上划出一道口子，渗出殷红的血。常常是一天采下来，双手甚至脸上便会有一道道殷红的血痕，

※ 农家乐

像是老师用红笔批改的作业。

　　相比之下，在平坦的山坡上或田埂上剜马兰、百花菜、荠菜可轻松多了。记得儿时跟在大人后边学在山坡上剜野菜时，那些婶婶、伯母辈的女人还会一边剜、一边轻声地用黟县方言哼唱一些乡间民谣，这其中就有一首《马兰蒿》的民谣。民谣的词是这样的："马兰蒿，百花菜，生个囡，叫小爱。小爱长得好，嫁给出门佬。十年八载不归家，小爱哭得眼睛瞎。前世冤家今生债，命苦不将旁人怪。"儿时不知歌词含义，只觉得好玩，听过一两遍便跟在后边瞎唱了。直到长大后，才知那是早年独守空房的徽州女人的一首歌哭词。

　　女孩子剜野菜时，常常窃窃私语，男孩子往往对她们谈的东西毫无兴趣，便会找一块平坦的草地躺下来，望着蓝天，想入非非。想累了，嘴渴了，便翻身起来，用剪刀剜出草地上的茅草根，放在嘴里慢慢咀嚼，茅草根有一种淡淡的甜味，还能稍稍解渴。

　　因为参与了剜野菜，也因此了解了各种野菜的不同吃法。水芹、马兰炒着吃，荠菜用来包春卷，而野蒜炒鸡蛋会特别香，只是大人们说，野蒜虽香但不宜多吃，否则耳朵会聋，这话到今天我也没法验证。

蕨菜和野竹笋在诸多野菜中占的份额最大，因为它们生长期长，一茬接一茬，山坡上蕨菜和小竹笋往往发现就是一大片，而且你今天采完了过两天去看又是一大片。采蕨菜和拔竹笋是最让人兴奋的，不停地弯腰直腰，预示着收获颇丰。家里吃不完，我们会用稻草把它捆成一扎一扎的，拿到集市上去卖，有时家里大人也会让我们把笋壳剥了，煮了晒干，冬天没菜时再拿出来吃。可我们上山拔笋有劲，回到家里还要剥笋就一点精神也提不起来了。

※ 把饭端到大门外吃是乡间一大习俗

到了夏天，野菜生长季节过了，我们就三五成群地去打猪草。我们家不养猪，打的猪草是卖给县食品公司。那时候食品公司不光卖肉，还自己养猪。养猪也没这饲料那饲料的，除了有限的糠皮就是猪草。打猪草也是大人们言传身教的，哪些草猪能吃，哪些会让猪吃坏。那时候吃坏一头猪可是要命的大事，所以我们一个个是谨尊教诲，从不敢马虎。而且到了食品公司，那些猪场里的饲养员检查也是很认真的，发现里面夹着有害的草，会把你整篮子都倒掉，让你感到损失大了，下次不敢掉以轻心。想想以前的猪肉为什么那么香，恐怕多与它们远离那些带有化学成分的饲料而经年食用富含各种营养的草料有关。

剜野菜和打猪草，使我们有更多的机会亲近大自然，今天的大人们是否也应该为孩子设计一些这样的机会。

破铜烂铁

二十世纪五六十年代读书的孩子，大多都有捡废品的经历。那时候捡废品可不像今天这样容易，现在随便哪个家庭几个月下来都会有一摞废旧报纸、一堆瓶瓶罐罐。卖废品也很容易，听到有收购废品的吆喝声，杂物间门一开，人家就会给你拾掇得干干净净。

我们儿时那废品可真是少，一个家庭的瓶瓶罐罐都要一代接着一代用，废旧书报也很少，那时个人很少订阅报纸，机关单位里的一些废旧报纸常常会被职工要去糊房子。徽州老房子多，一些房子里光线也不好，走进去让人感到阴森森的，但用废旧报纸给天花板和厅堂两厢的板壁糊起来，屋子里便显得亮堂多

※ 德从宽处积，福向俭上来

了。所以今天人们称之废品的东西，当年都很珍贵，不能称之为废品，在我们那个年代废品就只有废铜、烂铁、碎玻璃。

可废铜烂铁也不是随处可见，烂铁常常是坍塌的老房废墟中有，所以，每逢节假日，我们几个住得很近的同学，便会相约选一处废墟，用锄头在那杂草丛生的瓦砾中仔细地掏着。随着一枚枚锈了的铁钉、一块块铁锅碎片的现身，迎来的是我们一阵阵的喜悦与欢呼。等到掏到有那么多了，就会拿到供销社废品收购门市部去出售。废铁价格低，一天忙下来只能赚个一角多钱，而废铜的价钱就高多了，常常是铁的好多倍。只是废铜多藏身于老店铺的地板下面，据说旧时做生意用的

◀ 宏村"尚德堂"因为崇尚古人简朴的道德，厅堂上看不到一丝奢华

是铜板和铜钱，店堂柜台里有个大钱柜，伙计卖货收钱后总是高声唱出货物名称、数量及收钱多少，比如："火柴一打，铜钱十个。"随着话音，伙计一扬手把铜板扔进钱柜，偶尔生意忙了，伙计也有扔不准的时候，那铜板便有可能掉在地上，滚进地板缝里，日积月累，它们身上盖上了一层厚厚的尘土。所以只要有老店翻新装修，地板被撬开，那儿总有一群孩子在厚厚的尘土下一丝不苟地搜寻着遗落的铜钱。

铜钱捡得少，我们可能会背着大人拿去换糖吃，而一旦捡得比较多，那就只有上交的份儿，因为大人要用它卖钱给我们筹集学费，我们也觉得自己有责任为父母分担忧愁。

捡废品所经历的劳动与收获的快乐，使我们这辈人从小就养成俭朴的习性，以至于后来唱到"勤俭是咱们的传家宝""路边有颗螺丝帽"等歌曲时，便有一种亲历的共鸣。

今天绝大多数的孩子不需要靠捡废品来换零食，更不需要靠捡废品来筹集学费，但让孩子们懂得"资源有限须珍惜"的现实，仍有一定的意义。虽然这样的话如今说给孩子们听，能让他们记在心中并付诸行动恐怕难度很大，但即便如此，我们仍须不厌其烦地言传身教。

辞岁与拜年

乡间大年三十晚除了贴春联、挂彩灯、放鞭炮、吃年夜饭外还有两项与众不同的习俗：一是辞岁，二是发灯。

那时孩子们之所以盼望过年，不仅过年有吃有玩，还因过年有辞岁和拜年两场活动。这两场活动能让我们从亲戚和长辈最要好的朋友处得到几个红包，尽管这些红包最终都会被母亲如数收缴，但多少会"奖励"我们些许，让我们自行支配。所以年夜饭一吃罢，我会催着父亲赶快带我出门"辞岁"。于是，母亲赶忙点亮了灯笼，父亲牵着我的手迈出大门时，还不忘回过头来叮嘱母亲准备好礼物，

※ 老外赏春联

等候亲朋好友家的子弟来辞岁。

旧时无论辞岁还是拜年，都是男孩的专利，女孩子只能无奈地待在家里。出门后，父亲把灯笼交到我手里，仿佛交的是一根传宗接代的"接力棒"。灯笼通常是在灯笼店里定制的，上方一边标着你家姓氏，一边标着你们家宗族祠堂名。我们家的灯笼一边是个大大的"余"字，一边是宗族"种德堂"的堂名。姓氏和祠堂名用的都是鲜红的颜色，表示你们家、你们宗族未来红红火火。但也有宗族另外，比如"叶"姓，那灯笼上的姓氏和祠堂名用的都是绿色，问询大人，回答说是叶绿则生，红则萎，所以在黟县众多的姓氏中，只有"叶"氏灯笼上的字是绿色的。

辞岁开始后，但看古街古巷中，灯笼来回穿梭。因为灯笼是由孩子提着，只照路，不照人，街巷中没有路灯，行走中的大人们相互看不清对方是谁，所以便只有父子之间的亲切交谈。一年到头生意场上辛苦的父亲，少去了商场上的应酬，而我与父亲的交流也只有此刻少去平日的惧怕，感到父亲原来也很亲切。

到了亲朋好友家，父亲抱拳作揖，而我放下灯笼，倒身跪拜并大声唱道："伯父、伯母，我给你们辞岁来了。"这时候，多半是女性长

※ 除夕送春联

辈上前，口中念道："百岁，百岁，我家百岁。"然后将我搀起，这里的"我家"，通常是对后辈最亲切的称呼，而"百岁"是老百姓对生命的最高期望值，它有别于皇帝的"万岁"和王爷们的"千岁"。

接下来的仪式是令孩子们最期盼的。搀你起身的女性长辈会转身在厅堂上的果盘里为你取三个橘子，并添

※ 大门上张贴自撰的春联是黟县的习俗

上一个红包。有一次我趁着父亲在与男性长辈交谈时，悄悄向一位平日最疼爱我的伯母开口，让她多给我一个橘子，可伯母说："傻孩子，不是伯母舍不得一个橘子，这三个橘子是一代一代传下来的规矩。这三个圆圆的橘子在辞岁时及时递到宗族子弟手上，有着一定的寓意。'三圆及递'其谐音便是'三元及第'，是希望你来年用功读书，日后学业有成，而且橘子在黟县方言中与'贵子'谐音，也是祝福你以后早生贵子、传宗接代。"大人们的话我当时似懂非懂，心里却一直耿耿于怀一向出手大方的伯母为什么会吝啬这么一个橘子。

大年三十晚另一特色活动是"发灯"。家里大人们会把祖上传的、自己手上添置的油灯、蜡烛，以及被称着"洋灯"的煤油灯等

※ 过年扎灯笼

各种灯具在那一晚全都点亮，因为"灯"字与"丁"字在黟县方言中发音完全相同，而"丁"是对男孩的另一种称谓，"发灯"实际是对"发丁""多子多福"的一种期盼与祝福。灯点亮后，一家人在长辈的带领下长幼有序、男女有别纷纷拈香祭拜祖先。祭拜完后，一家人围着桌子品尝自家制作的糕点。然而，在品尝糕点前，有个令人至今难以忘怀的仪式。在打开糕点盒之前，母亲会去房间马桶边抽一张擦屁股用的草纸，在孩子的嘴巴上擦一擦，孩子都觉得那仪式既恶心又仿佛是对人格的一种侮辱，但不管怎么躲，想吃糕点就要让母亲用草纸来回地擦嘴。母亲告诉我，孩子童言无忌，喜庆的日子里恐怕会说什么亵渎神灵的话，用草纸当着列祖列宗及众神灵的面擦一擦孩子的嘴，就是告诉神灵，孩子如果说错了什么话，神灵祖宗就当他是放了个屁，千万别降罪于他，而且还有一点，便是让神灵保佑孩子长大后谨言慎行。黟县人大多不善言辞，是不是这种仪式造成的后果则不得而知。

三十晚我们要和大人们一道守岁，要等一整支蜡烛烧光才能歇息。大人们郑重其事地告诉我们，蜡烛点完后不能说点"完"了，或者"灭"了，要说"圆"了。其实大多数孩子都等不到子时新旧交替就早早睡了，因为明天一大早他们还要出门拜年，那又是一个令人心仪的活动。

大年初一一大早，在父亲的带领下，沿着三十晚辞岁的路径再走一遍，虽只间隔几个小时，却已又是一年。于是我再一次一遍一遍地叩头跪拜。乡间的拜年，可没有现在孩子们那种"恭喜发财，红包拿来"的坦率，在那物资相对贫乏的年代，我们只知道"拜年拜年，爆竹上前"。每到一家拜年，那家长辈都会给我们一小包爆竹加上两根甘蔗，甘蔗寓意"节节高、节节甜"，爆竹寓意"名声响"。拜年得到的甘蔗大多带回家送给姐姐妹妹品尝，男孩子们只将爆竹揣在身上。因为来之不易，那个年代没有哪个孩子会舍得将爆竹一整串地燃放，我们总是细心地将它们一个一个地从引信上拆下来，然后一个一个地燃放。因此，整个春节期间，我们一直都在爆竹声中和火药的香味中度过的。

辞岁和拜年，让我们这代人感到浓浓的亲情和乡情，也让我们了解了中国许多传统礼节。

惹祸的图书馆

我们童年时，县里虽然也有文化馆，但没有图书馆，文化馆也

有些图书，可那些书只有大人能借阅，而且要办许多手续，孩子们

※春节将至

想借书一阅可是难上加难。就因为如此，我们十几个小学生办起了一个小图书馆。小图书馆的发起人兼负责人是一位因病休学在家的中学生，他把自己家的一个小房间开辟成图书室，我们则把自己手头的书集中起来放到他那儿。那时候，我周围的一些孩子，家庭都不宽裕，手头有几本连环画，仿佛就是一个财大气粗的富翁，而且每人手头那些书经过反复传看，早已破旧不堪，我们迫切需要看新书，

※ 古民居中的楹联多有"诗书"两字

小图书馆便在此时应运而生。记得那位比我们稍大几岁的小图书馆负责人工作不但负责，而且极其认真，集中起来的书他是逐本登记。对于那些伤痕累累的书，他召集我们几个发起者星期天到他家，他准备好糨糊、白纸，我们几个人则负责粘贴修复工作。我们一边修补一边看书，一天很快就过去了。记得那年暑假，我们这群同学中，许多人不再整天外出撒野，不少人都挤在小图书馆里看书。

小图书馆里也有激励机制，你存放的书多，能借给你带回去看的书也多，这与是否是发起人没关系。发起人存的书不多同样不能有特权，因为这规矩很公平，大家都乐意接受。所以想多借书就只有发挥主观能动性，多方设法在小图书馆里多存几本书。

随着时间的推移，小图书馆的名气也越来越大，许多和我们同校，甚至邻近学校的学生，都想来参加我们的小图书馆。有些小朋友手头没有书，就设法去捡废品，或者向父母要钱去书店购买新书。为了避免重复，买书时，小图书馆的负责人会陪他们一道去，而且按规定新书的身价比旧书高，一本新书要顶好几本同样厚薄的旧书，也就是说，你存一本新书，以后借书的数量可以和存两三本旧书者一样多。

小图书馆很快成了一个小文艺沙龙，节假日总有一些孩子聚在一起，听那些稍大些的同学讲述他们所看过的书中的一些精彩动人的情节，然后争相借阅他们推介的好书。记得那一学期，我们小图书馆中的好几个同学作文都大有长进，最显著的是我们笔下的词汇明显增多了。而且，筹建小图书馆的经历，使我们懂得珍惜书籍，也使我们增强了同学之间的相互交流。

小图书馆只办了一年多时间就夭折了，原因是当时政治生态不健康，有些思想极左的大人认为孩子们从小就有这种非官方组织的集会不是件好事。什么小图书馆？分明是和公办的文化馆叫板嘛！最为可怕的是我们被老师叫去，询问那位小图书馆负责人平时都和我们说过什么"反动话"，言下之意，

※ 黟县人认定读书是
人生第一等好事

仿佛那位稍大的同学是个潜伏的敌人。幸好那位小图书馆负责人家庭成分不是地主富农，他父亲也仅仅是个赶马的，也不是什么反革

※ 以六艺安身立命

命和坏分子。这事最后不了了之，但小图书馆因此散伙了，小图书馆负责人按照登记簿把书退还给我们时，我们一个个都流下了惜别的眼泪。

这事已经过去很多年了，当年许多学校里组织的活动大多忘记了，只有我们童年时自发组织的小图书馆至今历历在目。

祠祭今昔

得益于黟县徽黄集团的帮助，西递胡氏宗族隔断了大半个世纪的"祠祭"又恢复了。

此刻，高大恢宏的胡氏宗祠"敬爱堂"中，聚集着胡氏族人，缭绕的香烟中，他们大声诵读经过反复修改完全符合时代需求的族规、族训……

　　西递鼎盛时期，常住人口有近万人。这么大的一个村落，在没有任何基层政权设置的情况下，社会如何稳定？治安谁来管？环境卫生谁过问？而据现存的资料可知，当年西递，未闻有失窃、赌博之事，村中也无酗酒斗殴之徒，以至于邻近乡村的一些大的宗族，纷纷前来取经，盛赞西递胡氏民风淳朴。历史上的西递，用今天的标准来看，应该是一个物质文明与精神文明并存的模范村落。

　　是什么原因促使西递能有如此良好的社会风气？走进胡氏宗祠敬爱堂，似乎一切都可迎刃而解。

　　敬爱堂为西递胡氏宗祠，作为祭祀胡氏列祖列宗的场所，也作

※ 西递胡氏宗祠"敬爱堂"大门

为宗族议事、族人举办婚嫁喜庆、表彰族中好人好事、训斥惩罚不肖子孙的地方。

敬爱堂面积一千八百平方米，其结构粗犷古朴、宏伟壮观，大门气势恢宏，门前飞檐翘角，似有凌空而去的动势。走近两侧黑黝黝的栅栏，使人顿生敬畏之心。

中门之内，为祭祀大厅，大厅分上、下庭，开有数十平方米的大天井，左右分设东西两庑，配以高大的大理石方柱。

进入里门，为楼式建筑的享堂，供奉胡氏列祖列宗的神位，上悬匾额"百代蒸尝"。中国古代祭祀活动中，称"秋祭"为"尝"，"冬祭"为"蒸"，"百代蒸尝"意为世世代代都要认真祭祀祖宗。

胡氏宗族在西递这块土地上已经生活了千余年，经历了近百代人的繁衍，宗族中形成了众多的分支，而每一分支下，仍有众多的族众，所以，并不是所有人的祖宗牌位都能进入宗祠，接受宗族中全体人员的祭祀。

※ 尊宗敬祖，追慕先贤

进入宗祠的祖宗，必须是生前或享有功名，或教化有功，或躬身践行封建伦理道德有突出表现的人士。而这些人，不是读书做官者，就是从事儒学文化研究，著书立说、教化后人者。

如果祖宗达不到这个标准，子孙后代身份也不能达到这标准，要想让自己的祖宗神主进入宗祠，则必须交付一笔可观的费用。交费的标准因人而定：对于正在勤奋读书，准备博取功名的人要价最低；对于那些"躬耕自给"从事农业劳动、手工劳作的人，价格其次；对于那些身份低微，却又腰缠万贯的商人，收费最高。最低收费与最高收费之间，相差好多倍。

从这收费标准可以看出，在尊儒重教的徽州，读书做官，还是人们的第一追求，往往受到推崇和优待。最令人不解的是，徽州的文明，离不开商人的支持，但商人的地位异乎寻常的低，一旦有个什么出头露脸的事，对商人的要求总是显得特别的苛刻。

宗祠是祭祖的地方，春秋二祭之时，宗族中的子弟便会在此相聚。在西递胡氏宗族发展到近万名族众的情况下，同一宗族中的许多人平日是名不相闻、面不相识，共同祭祖、分享宗族发放的带着祖宗余泽的食品，则为族众提供一个相互认识、熟悉的场所和机会。

在发展过程中，同一宗族也会出现地位高低、贫富差距等矛盾。这种矛盾会使得原先的血缘关系渐渐淡漠。而通过祭祖，使得大家在心理上差距缩短，认识到相互是同一祖宗的血脉延续，从而增强彼此之间的感情。无论贫与富，也无论官与民，面对共同的祖先的灵位，人们首先想到的是血缘关系，想到的是亲人间的彼此关怀，宗祠也就成了宗族团结、凝聚的纽带。

宗祠的又一功能是正俗教化，宣扬封建礼教和伦理道德，而这些通常是结合祭祀活动一道进行的。对于宗族中的贤德人士，主持宗族事务的族长要给予表彰，而对于违犯族规者，宗族有权进行惩治。惩治的手段非常严厉，惩治的地点之所以选在宗祠中，是想让受惩者感到，由于自己行为的不检点，致使祖宗蒙受羞辱，从而达到肉

※ 西递祭祖

体和精神上双重惩罚的效果。惩治的对象多为男性族众，惩治时，女人可以回避，而年满十二岁的男童必须到场接受直观教育，执行惩罚过程中那惨烈的用刑，在孩子们幼小的心灵上将产生强烈的震撼。

历史上的西递，虽然没有基层政权设置，但宗法制度严格，对每个人的行为产生了强大的约束力。

如今敬爱堂中不再能看到昔日的刑具，但那悬挂在两厢的族规、族训仍然能让外人感受到这个宗族守法、守规的历史。

除去族规族训，敬爱堂中最具特色的莫过于里门上方悬挂的那个一米见方的大"孝"字。"孝"字上部酷似一仰面作揖、尊老孝顺的后生，而那人面的后脑，分明像一尖嘴猴头。胡氏后人介绍，其寓意是尊老孝顺者为人，忤逆不孝者为畜生。据说，这字是徽州大儒朱熹当年来西递访友时所书。

至于朱熹当初援笔疾书时，是否有如此生动的创意，后人无法澄清。但有一点是明白无误的，那就是中国历代统治者都力主以"孝"治天下。子女孝顺父母、父母呵护子女，就能促使家庭的稳定；而

※ 胡氏《列祖列宗家训》中的精华，至今仍有一种普世的价值

家庭作为社会的细胞，一个家庭稳定了，无数个家庭稳定了，整个社会也就稳定了……

祠祭正在有条不紊地进行，那带着穿透力的祭文诵读声，在祠堂的大厅中回荡。看到整齐站立的族众那一脸的虔诚，我似乎找到了西递昔日那繁荣、稳定有序的社会所需的基础。

会哭的女人

儿时在乡间，常喜欢听女人哭。不为别的，只为哭者尽管泪流满面，那边哭边诉的韵味，却像是唱歌一般，时而高昂，时而低回，很是好听。

而且常常发现，这种歌哭，对乡间的女人有着一种"磁性"，只要有一个女人在哭，很快就会引来一些婆婆、妈妈、婶婶、嫂嫂之类的女人。她们先是起劲地劝说哭者，说些让她不要过分悲伤、自我珍重之类的话语。可说来也怪，那歌哭的声音，有时就像能传染一样，只一会儿，就戏剧化地把那特有的悲怆气氛弥漫开来。于是，那些赶来劝说的人们，劝着、劝着，自己也不知不觉"噗噜、噗噜"掉起眼泪来了。有时，劝说者竟也一屁股坐下来，陪着被劝者一齐歌哭起来。她们各哭各的调，各哭各的词，于是，便又有了一种不太协调的二重唱、三重唱一般的歌哭韵味。

我曾问大人们，她们家出了什么事情了吗？回答是否定的。

我又问，那她们为什么会哭得那么伤心？大人们告诉我，她们心里苦得很，哭出来，就不会憋出病来。

可她们为什么心里苦得很，大人们却不肯说。

长大以后，我才知道，那些经常遇到一点不顺心的事儿便坐下来歌哭一场的女人，多半是独守空房的寡妇。她们的男人外出经商，有的一去不返，丢下她们孑然一身，度日如年；有的丈夫外出谋生，终年劳累，不幸英年早逝，丢下孤儿寡母留守家乡，生计维艰。

黟县历史上崇文重教，一般大户人家的女孩，未出嫁时，总得跟着私塾先生读上几年书。出嫁以后，丈夫外出经商，按时给家里捎来生活费，使她们吃穿不愁，只需料理料理家务就行了。空余时间，她们常常看看书、打打牌、听听曲子，遇上婆家财力

※ 这些古村当年的女主人，大多足不出户，而今西递大街小巷全是为生计操劳的妇女

雄厚，有使唤佣人的，她们便连家务事也不需干，看书、听曲子的时间也就更多了。这便是黟县旧时妇女普遍文学修养较好的原因。至今，在一些聚族而居的大村落里，仍能看到一些裹着三寸金莲、梳着髻髻的女人，端坐在椅子上，看着线装书。

较好的文学修养，丰富了黟县女人的精神世界；同时，也促使她们一旦遇到不幸时，便能把心中的痛苦、哀怨，编成词儿，合着那古诗词、古乐曲中的韵脚，抑扬顿挫地歌哭起来。旧时黟县妇女，大多都有这种歌哭的才能。她们一边哭泣，一边编着词儿诉说自己悲惨的命运。歌哭既有韵律，又有节奏，真可称为一种灰色的人生咏叹调。

歌哭的词儿，虽然是各人按照自己的不同经历、不同痛苦即兴编出来的，但是，黟县历史上，十家之中有七八家男人在外经商，这就使得许多妇女的经历与痛苦

※ 不知当年独守空房的徽州女人，是否也是这样斜倚栏杆地守候

有了共同之处，因此也就产生了一种相对认同的固定歌哭词。这些歌哭词，较为广泛地体现了这些留守家乡的商人妻妾的痛苦经历和心理。

古徽州有句俗语，叫"前世不修，生在徽州；十三四岁，往外一丢"。它点明了当时徽州的习俗，孩子长到十三四岁，便会送到外地去当学徒，学习经商。这些孩子出师成人后，回到家乡，凭父母之命、媒妁之言，匆匆娶了妻子，然后又匆匆返回店里继续经营。有的新婚夫妇成婚几天后，便不得不恋恋地分离。

一首流传广泛的歌哭词《送郎》，形象地哭出了一对新婚夫妻恋恋不舍的分别之情。

歌词是：

> 送郎送到枕头边，
>
> 拍拍枕头叫我郎哥睡会儿添；
>
> 今日枕头两边热，
>
> 明天枕头热半边来凉半边。
>
>
> 送郎送到床第沿，
>
> 拍拍床第叫我郎哥坐会儿添；
>
> 今日床沿两人坐，

明天床沿坐半边来空半边。

送郎送到窗槛前，

推开窗槛看青天；

但愿青天落大雨，

留我郎哥再住一日添。

送郎送到墙角头，

抬头望见一树好石榴；

有心摘个给郎哥尝，

又怕郎哥尝了一去不回头。

送郎送到庭院前，

望见庭前牡丹花；

郎哥啊，

寻花问柳要短命死，

黄泉路上我也要与你结冤家！

然而，这种缠绵悱恻的送郎词，并不能将心爱的郎哥挽住，为了生存，她们不得不狠心暂时扯断儿女情长的绳索，恋恋分离。

遗憾的是，这种分离的时间，常常因为生意场上的竞争，和商人节省开支，以便将来能在家乡建造精美豪华的住宅以光宗耀祖，而变得非常漫长。

留在家中年轻的妻子，日思夜盼，希望丈夫早日回来团聚。白天的日子容易打发，而每到黄昏，便有一种"独自愁"的滋味。她们夜夜守在空房里，对着孤灯，盼望着灯芯能结出双花，预报丈夫归来的喜讯。然而，常常是即便头天夜里灯芯结了双花，第二天夜里，她们照旧是"对孤灯，暗数更筹"。

有一首歌哭词，把她们那种焦躁的等盼，形象地表现了出来。

歌词是：

> 脚踏门槛手叉腰，
>
> 望郎不回心里焦；
>
> 望年望月望成双，
>
> 单望那床儿驮妹，妹驮郎。

这首歌哭词的最后一句，大胆而露骨地诉出了一位久盼夫妻团聚的女性的生理渴求。

※ 陈逸飞的油画,曾在南湖做出活的演绎

　　有修养的黟县女人，大多是比较含蓄的，但是她们承受不住青春期那种长时间的生理折磨。外出经商的男人们，处在她们那种心态下，也许会偷偷走进妓院，而她们只能用青春的烈焰，去点燃那如萤的孤灯。无怪乎她们会终于压抑不住地哭出那平日难以启齿的渴求。

　　可是，渴望与现实往往总是很难走到一起。经历了一天又一天、一年又一年的等盼和失望后，她们开始对自己的优裕生活产生了怀疑，转而羡慕那些把希望根植于土地里的小户人家，羡慕他们那种男耕女织、日出同作、日落同息的和谐的夫妻生活，从而产生了中国唐代诗人白居易在《琵琶行》中描写的那位守着空船的商妇"早知潮有信，嫁与弄潮儿"的心理。

　　一首《宁愿嫁给种田郎》的歌哭词，细腻地表现了她们这种心理。歌词是：

　　　　悔呀悔！

　　　　悔不该嫁给出门郎，

　　　　三年两头守空房。

　　　　图什么高楼房，

　　　　贪什么大厅堂，

　　　　夜夜孤身睡空床。

　　　　早知今日千般苦，

> 宁愿嫁给种田郎，
>
> 日在田里忙耕作，
>
> 夜伴郎哥上花床。

后悔不能改变既成的现实，这些女人只有年复一年、月复一月地继续等待。而等待，毕竟意味着希望还存在。在一大群等待的女人中，有人终于等来了经商成功、满载而归的丈夫，而有人盼回的是丈夫心灰意懒、两手空空的归来，更有甚者盼回的是丈夫病亡的噩耗……

一首哭夫早逝的歌哭词，道出了一位妙龄少妇惊闻丈夫早逝时的痛苦心理。

歌词是：

> 生是十都宏村女，
>
> 嫁到四都关麓村；
>
> 夫君二十零八岁，
>
> 奴家二十零六春；
>
> 正是弹琴弦却断，
>
> 日月明映被云遮；
>
> 天上降下无情剑，
>
> 斩断夫妻恩爱情。

从此，那些失去丈夫的少妇，便开始了漫长的寡妇生活。在森严的封建礼制下，她们不可能改嫁，甚至和别的男人多说了几句话，也会招来难堪的非议。她们心中的愤怒无处倾诉，只有等到清明节上坟扫墓时，或七月十五中元节祭祖时，才可能在丈夫的坟头上、灵牌边，哀哀地哭诉。

一首《小寡妇上坟》的歌哭词，诉说的就是这种青春妙龄的寡妇的苦难。

歌词是：

> 日如年，
>
> 夜如年，
>
> 披上个麻衣更可怜！
>
> 低头化纸钱。
>
> 纸灰化着花蝴蝶，
>
> 血泪染成红杜鹃。

寡妇的生活是辛酸的，那悠悠岁月会变成一把齿牙脱落的钝锯，在人心头一下、一下慢慢地拉过。

我的堂伯母是一位年轻守寡的女人，曾向我谈起过，她有一位女伴，人长得很漂亮，只可惜红颜薄命，结婚一个月丈夫便病死了。她上无公婆，下没叔伯，只剩下孤身一人。好在丈夫家家底殷实，

※ 百岁老人悄悄话

开设在外埠的商号，按时给她捎来生活费。为了避免是非，每天太阳一落山，她便将深宅大院里里外外的门全部抵牢，独自一人坐在房里。

漫漫长夜，对于这位年轻的寡妇来说是多么的难熬！为了使自己摆脱那种精神上、生理上的折磨，她想出了一法子：解开一吊铜钱，撒在地上，然后，吹灭油灯，趴在地上将钱一个一个摸着串好。等那一百个铜钱全串好后，人也早已累得腰酸腿软，而天也快亮了。于是，她爬上床，很快就睡着了。

就这样，她摸了一夜又一夜，摸了一年又一年。她只活到三十岁就死了。在整理她的遗物时，我的堂伯母看到那铜钱两边的字，全都摸平了……

于是，我终于领悟了，那些女人为什么会一遇到不顺心的事，就悲悲切切地歌哭起来，她们心里苦得很啊！

歌哭，是她们控诉人世不平的共同手段。否则，无声将比有声更为悲惨。

如今，当人们来黟县参观古民居时，常为这些当年商人们留下的杰作赞叹不已。殊不知，为了建成这一幢幢高楼，多少女人默默地做出了惨重的牺牲，而这高墙深院的阴影里，多少女人失去了人生最美好的生活。

黟县女人会哭，而且哭得颇有艺术。这固然因为她们有着一定的文化素养，更因为她们受的痛苦深重，那哭词来自悲凉的内心世界。

时至今日，每当血色黄昏、暮云暗合之时，抑或春雨绵绵、秋风瑟瑟时，我只要是孤身走进那逼仄的高墙深巷，似乎隐隐约约还能听到，在那深巷尽头，还有女人的歌哭之声时断时续地传来，那歌哭之声，悲悲切切，让人感到难以抑制的心酸。

故乡与他乡

故乡与他乡

每一次车过渔亭，我都会深情凝视那座屹立两百多年的"永济桥"。在我的印象中，黟县人热衷社会公益事业的善举中，似乎对捐资建桥情有独钟，黟县的"挹秀桥"、休宁的"登丰桥"、歙县的"河西桥"……那一座座桥无不倾注了黟县古人乐善好施的情怀与心血。其间，有着许多

※ 记忆中家乡的古巷

※ 田园风光

※ 渔亭古桥

生动的故事，然而，最令人动容的当数渔亭的"永济桥"和无锡的"吴桥"。

渔亭永济桥是横跨漳河的一座大石桥，为连接皖赣两省的主要通道。

因地处下游，此处河面宽阔，流水湍急。当年，这儿仅仅只有一座木桥，因此每年汛期都会是桥毁路断。

清乾隆二十四年（1759年），黟县人捐资要在这里修建一座大石桥。在捐资的队伍中，有一位叫杨乃贤的商人慨然捐出白银两千两，这在当时应该是一笔很可观的数目。可惜工程进行到一半时，所集的资金告罄，眼见工程搁浅，而且一旦后续资金跟不上，工程极有可能半途而废。而此时，杨乃贤已经去世，操办工程的人找到他的儿子杨天培，希望他能在关键时刻，继续其父亲未竟之善举，再捐一笔钱。

客观地说，在商贾如云的黟县，杨乃贤、杨天培父子算不上名列前茅的富商大贾。没想到听了工程操办人员介绍后，杨天培慨然应允，因为手头没有流动资金，他便将祖传的商号一爿一爿地拍卖，以维持建桥的开支。这种精神感动了黟县众多士商，大家再度纷纷捐资，从而使永济桥如期完成。只是桥成之日，竟是杨乃贤、杨天培父子破产之时。

如今永济桥仍是连接皖赣两省的交通枢纽，每日里车水马龙。那纹丝不动的桥身不仅是古人建筑质量上乘的丰碑，更是黟县人对社会公益事业一代一代无私奉献的丰碑。

而黟县人的这类无私奉献并不局限在自己的故乡，于是我想到更远处的一座桥——江苏无锡的"吴桥"。

1915 年，在上海经商的黟县商人吴子敬，因办理业务去江苏无锡，在惠山浜口乘船过大运河时，见河上有小渡船被风浪倾覆，不少穷苦人丧生，立即决定在此独资修一座铁桥，为两岸居民往来提供方便。

付了前期预付款后，工程开始动工，协议谈好余款待工程结束后一并付清。不料工程动工后，战争爆发，施工方经济发

※ 楹联

※ 黟人外出始终坚守古人制定的
六种行为道德标准

生困难，而此时，吴子敬
已身患重症。因为担心接
班人是否会体谅自己的良
苦用心，吴子敬提前把议
定的投资金额全部拨付

到位。施工方为吴子敬的精神所感动，决心不负吴公期望，于是集

中力量，昼夜施工。当年 11 月 29 日，吴子敬去世，第二年 2 月 24
日，铁桥建成，无锡百姓自发为吴子敬举办追悼会，并将铁桥命名
为"吴桥"。

如今吴桥不知是否还存在？估计在经济发达的江苏，吴桥很可
能已被更宏伟、更先进的桥梁所取代。但无论如何，无锡人在谈及
这段往事时，不会，也不可能忘记徽商为他们做出的贡献。

※ 桃花园里人家

款款的善举

　　徜徉在汗牛充栋的黟县史料中，常常让我感到激动、自豪的是历史上竟然有那么多黟县人乐善好施，热衷于对社会公益事业的捐助。这其中，让我感触最深的是黟县人的捐助不是一捐了事，从此不闻不问。黟县人捐了钱，不但关心钱是怎么花的，还关心这钱花了以后社会上的反响。有些受捐者因此感到不耐烦，但更多的接受捐助者因此产生高度的责任感，避免出现"豆腐渣"工程。黟县四都商人孙维洪捐资修建"西武岭"便是一个生动的范例。

　　黟县历史上人口多、耕地少，粮食自给困难，因此邻近的江西省自古便是黟县粮食的主要供应地。江西省供应黟县的粮食的绝大部分是通过西武岭输入，而西武岭只是一条崎岖小路，往来极其艰难。清乾隆年间，西武商人孙维洪经商成功，腰缠万贯告老还乡。族中人都认为他会把巨额财产留给子孙

※ 楹联

后代，没想到他却把钱捐给宗族，要孙氏宗族出面将崎岖的西武岭改造成一条宽敞的石板大道。他的观念是子孙不如我，留钱有何用，子孙胜似我，不需要留钱。宗族安排专人负责建岭工作，没想到工程开始时，孙维洪便将行李搬到工地，住在和工人一样临时搭建的工棚中，对工程进度和质量进行全方位的监督。

※ 积善之家必有余庆是古黟人的追求

历经四年，西武岭上铺就一万余块花岗石。一条蔚然壮观的石板大道，仿佛一条银色的巨龙，盘旋在绿树草丛之中，翻越高高的山坳。

最令人感慨的是，西武岭建成后，孙维洪派遣家人连续数月守候在岭上，认真倾听行人对工程的评价。

一次雨后，一队挑着油篓的挑夫路过西武岭，雨后的花岗石闪闪发亮，像是涂了一层油特别滑，尽管挑夫们极其小心，还是有一位老挑夫滑倒了，肩上的油篓也滚下了山崖。老挑夫坐在地上叹着气说："孙老板积德行善，修了这么一条给人方便的大岭，只可惜晴天好过，雨天难过呀！"

　　家人把见到的事和听到的话，原原本本地报告给孙维洪。孙维洪立即命家人找到老挑夫，向他表示歉意，并赔偿他的全部损失；同时，再次召集当初建岭工匠，共商防滑措施；最后决定在每块条石上再凿两条防滑槽。工匠们为孙维洪的精神所感动，他们在凿防滑槽的同时，在条石的一端凿上自己的工号，以方便孙维洪以后发现工程质量问题时，能及时确定是哪个工匠的责任。徽商孙维洪的

※ 古桥雪韵

这种认真负责的精神，确实给后人以太多的教育和启示。

　　行走在古徽州的土地上，之所以能看到那么多历经数百年的风霜雨雪还能保留下的文物古迹，除了交通闭塞、免受战争、经济发展相对落后等原因外，徽州商人在这些建筑修建过程中倾注大量心血、求真务实、苛求完美的精神也是一个重要因素，而这种精神正是我们需要一代一代传承的美德。

慈母桥

黟县县城北郊柏山村边有座建于清末民初的石桥，俗称"九洞桥"。

九洞桥横跨漳河，桥宽三米，长五十余米，有八座桥墩、九个桥洞，桥墩与桥洞之多，可以算得上是黟县古桥之最。

九洞桥的气势算不上宏伟，建造也算不上精美，却有着一个非常真实、动人的故事。

柏山村的范蔚文，是晚清黟县有名的商人。他幼年家境贫寒，父亲早逝，与母亲相依为命。为了抚养儿子，范蔚文的母亲历尽千辛万苦，虽然缠着小脚，但每天都

※ 每座古桥都有一个动人的故事

※ 慈母桥

要经过村口一座长长的木桥去村外种菜。

一次，范蔚文的母亲在颤动摇晃的木桥上为一位挑担的农民让路时被担子撞着不幸落水。好在冬季河水不深，范慰文的母亲只是摔断了脚。范蔚文闻讯赶来，抱住母亲放声大哭，表示自己不忍再让母亲如此辛苦供养自己读书，从此弃学与母亲共同承担生活重担。不料母亲却忍住疼痛，坚毅地站了起来，厉声让儿子止住哭，并一字一句地告诉他："儿啊，你给我记住，赶快回去好好读书，倘若你以后发迹了，便拿钱来这里修一座石桥，方便过往行人，也不枉为娘今天吃苦受累。"

范蔚文当时只有十岁，却牢牢记住了母亲的话。后来为实践对母亲的承诺，他经商成功后，投巨资

※ 传承先人的美德是黟县人不懈的追求

将当年的木桥改建成现今的九孔石桥，并取名为"廉让桥"，纪念他母亲一生清廉、尊重别人的高洁情操。

值得一提的是，范慰文虽为富商，却终生俭朴，唯对家乡的公益事业，不惜投资。他创办学校，施粮施药给穷苦百姓，深得家乡父老的推崇和赞赏。

※ 楹联

黟县人非常重视对子女的教育，而且深深懂得身教重于言教。试想，如果范蔚文的母亲当年落水后，紧紧拽住那挑担的农民要他赔偿各种损失，尽管她做得无可厚非，儿子来了也会支持他，却无法在儿子心灵上产生那种宽容、大度的震撼。同样，没有那平凡而伟大的母亲的挣扎着奋力的一站，也不会在儿子的心上产生强烈的报恩责任感。有如此优秀母亲才会培养出如此优秀的儿子。

如今，站立在这廉让桥上，我在对范蔚文深表钦佩的同时，对那位忍住疼痛咬牙站立起来的母亲更是高山仰止，没有她那坚毅的一站，就不会有一个爱天下所有穷苦人的儿子。

※ 慈母手中线

退步原来是向前

西递"大夫第"边上的阁楼下，有一拱形偏门，门洞上方嵌着一块石雕题额，上书"作退一步想"。

这么多年来，陪同客人参观西递时，客人都喜欢在这题额下方拍照，特别是一些身居权力中心者，抑或企业做得风生水起的老板，尤为欣赏这句题词。然而很少有人想了解"大夫第"和这句题词的来历。

"大夫第"为曾任河南开封知府的胡文照所建。胡文照，又名胡星阁，相传为西递才子，二十九岁时考中进士，官授山东鄄城县

※"作退一步想"的题额

知县。鄄城离当年"扬州八怪"之一郑板桥当县令的范县很近。郑板桥关心百姓疾苦、为官清廉的政绩令胡文照非常钦佩。胡文照到任后，将历任知县所积压的案卷全部打开，一一仔细推敲，疑难之处，即微服私访，务必取得真凭实据。半年时间，决断疑难案件一百零二起，平反冤假错案三十六件，同时大力推广教化，兴办学校，一时间，鄄城县牢狱由人满为患变得空空荡荡。

胡文照才华横溢深得上司赏识，不久，升任河南开封知府。到任之初，胡文照了解到开封府吏治腐败，决心整顿吏治。不想此举一出，竟触动了当地一些官吏和豪门大族，他们联名状告胡文照沽名钓誉，打击别人，抬高自己。

刚正不阿的胡文照决心与那些腐败官员抗争到底，哪怕官司打到北京皇帝那里，他也不退步。这天夜里，胡文照在书房里给他在京城里任职的朋友写了封长信，列举河南开封府吏治腐败的种种事实，央求他们帮助在有关衙门疏通，以取得上司的支持。

这封信确实关系着胡文照的命运，所以尽管他才高八斗，依然是写写停停，句句斟酌。知府衙门里当差的门房老头已经给胡文照续了三次茶水，见胡文照仍然是双眉紧皱、落笔踌躇，便轻轻问道："老爷莫非在为整顿吏治之事煞费苦心？"

胡文照闻言抬起头来望望门房没有作声，他调任开封知府时，家小仍在山东鄄城，所以知府衙门内饮食起居多由门房照料。平日与门房相处，觉得此人谈吐儒雅，像是读过书的人，因此对他也很尊重，从不当佣人使唤，而是以先生尊称。

门房见胡文照不吱声，便笑了笑说："老爷莫怪在下多言，老爷来自江南，上京赶考时肯定有过乘舟过江的经历，那船儿笔直过江，极易被风浪掀翻，故有经验的艄公总是将船斜着往上划，过了江心，然后再斜着往下划，方能顺利到达对岸。"老门房一番话说得云山雾罩，胡文照半晌未能领悟其中含义，便问道："先生打这比喻是什么意思？"

老门房略停片刻，深深叹了口气说："老爷只知道在下是门房，可知道在下也曾在广东惠州任过知府，与老爷一样，同是进士出身，只不过比老爷早了两榜。"老门房一言既出，令胡文照大吃一惊，心想难怪此人平日不卑不亢、举止大方，原来也曾是官场上人。胡文照赶忙起身，朝着老门房一拱手说道："难怪我一来就觉得先生非等闲之人，原来同是公门中人。"说着，便请老门房坐下说话。

老门房推辞一番后，便欣然入座，然而情绪仍很低落，似乎沉浸在一桩痛苦的往事之中。候老门房坐定后，胡文照一脸疑惑地问道："先生既然同是公门中人，因何流落开封做此差事？"

老门房叹了口气说道："不瞒老爷，在下当年考中进士时，也是少年得志、意气风发，自觉凭借自己的才气，定能造福黎民，报效君王，光宗耀祖。在任惠州知府时，一上任我也和老爷一样，平反冤狱，整顿吏治，不想得罪了一批权贵。这些人盘根错节，上有京城高官撑腰，下有地方豪绅呼应，结果，精心设计，寻了我一个差错，将我革职发配新疆充军。幸好后来在朋友相助下，我辗转回到内地，却有家不能回，只得在这知府衙门内当一门房，想想当初是何等雄心勃勃，而今却是报国无门！"

※"作退一步想"的阁楼

　　老门房的遭遇使胡文照深表同情，想到自己现在的经历，似乎和其当年有几分相似，初出茅庐，思想纯洁，没有想到官场竟是这般黑暗复杂。想着、想着，不觉深深地叹了口气。

　　看到胡文照默不作声，老门房欠了欠身子继续说道："吏治腐败，由来已久。老爷一心为民造福，报效君主，如果办事过于认真，且锋芒毕露、急于求成，一旦触怒权贵，失去官职，则失去了为民办事的权力，日后想办也办不成了。俗话说，忍片刻风平浪静，退一步海阔天空。依在下之见，老爷不妨'作退一步想'，在保住官职的前提下，多为百姓办些好事。当今世界，当清官固然不易，保住一个清官则更是艰难。"

　　门房的一番话，令胡文照陷入久久沉思之中，想想老门房的遭遇，以及自己眼下艰难的处境，胡文照不得不认真思考一下老门房那"作退一步想"的劝告。与此同时，他想到父亲当年在生意做得风生水起时，突然退步抽身回到家乡陪伴儿子读书的情景，正是父亲果断的退一步，成就了儿子的学业。而父亲在生意场上诸多成功事例，也常常带有退一步的内涵。因为退一步，视野更开阔，精神更淡定。

　　打那以后，胡文照一改先前整顿吏治不断下猛药、急于求成的作风，而采取一种循序渐进的做法。在其任内，开封吏治腐败现象有所收敛，百姓也因此安居乐业。然而，因为胡文照对上司不会逢迎拍马，对百

※ 叶落归根门

姓不会仗势欺人，所以在封建社会官场，一直未能再提拔。

　　胡文照晚年辞官回乡后，认为"作退一步想"这句格言，对他的为人、为官都有一种启迪，故在兴建住宅"大夫第"时，特意让人将这一格言镌刻好嵌在阁楼门框之上，并有意将阁楼墙体向后缩了两尺，又将墙脚下部做成平面状，方便过往行人，展示自己为人、为官的性格：对上有棱有角刚直不阿，对下无棱无角平易近人。

古黟男人的背影

　　那年在长春电影制片厂改本子，一次朋友聚会，席间唠起了一方水土养一方人的话题，众人想听我介绍黟县男人，于是我背了一首黟县古童谣《捡石头》。歌词的内容是："捡，捡，捡石头。捡石头何以？捡石头磨刀。磨刀何以？磨刀砍竹。砍竹何以？砍竹做笼。做笼何以？做笼养鸡。养鸡何以？养鸡生蛋。生蛋何以？生蛋给外婆吃。"

我问他们，为什么黟县孩子认定鸡生蛋后只给外婆吃，而不是给奶奶吃？众人困惑不解。我说，我也曾不解，直到后来接触到黟县另一句俗话"吃到丈母家，玩到外婆家"，才体会到黟县古人在孩子的教育中对母系家族特别推崇。

于是，一群崇尚以大老爷们儿为中心的东北男人停下筷子，专注地听我讲述黟县古人对母系家族推崇的缘由。

历史上溯到明清时期，十室七商的徽州，男人十之七八都求利四方，留在家乡的大多是妇孺儿童。男人们在外打拼，往往三年五载才能回家一趟，有的甚至英年早逝，便将孤儿寡母留在家乡，所以，大多数徽州孩子从小到大极少享受父爱，他们中许多人是在母亲的爱抚下成长的，父亲留给他们的印象是匆匆而来、匆匆而去的身影，以及不苟言笑、一派严肃的表情。母亲则用她们日积月累的慈爱滋润着孩子的心田，因此孩子在其成长过程中对母亲便有了一种深沉的依恋和感恩的情愫。

※ 宏村更楼曾见证多少男人
三更灯火五更鸡的勤苦

※ 坐在火桶上的老人望着一溜子的火腿,脸上洋溢着
　幸福的喜悦

　　徽州流传的许多这方面的故事,生动地向后人展示了这种情景。歙县商人鲍志道母亲早年教子的事例就很生动。鲍志道早年丧父,母亲靠为人浆洗缝补维持生计供儿子读书。那时,老师是轮流在学生家用膳的,轮到鲍志道家就餐时,家里虽然穷困,拿不出像样的菜肴,但母亲把餐具洗得非常干净,几碟素菜色彩搭配得非常鲜亮。饭菜摆好后,她便让儿子陪老师用餐,自己则退回厨房里。孩子年纪小不懂事,以为母亲躲在厨房里吃什么好东西。有一次,饭吃到一半,鲍志道悄悄溜进厨房,揭开锅一看,母亲吃的竟然是野菜拌糠的猪食。惊呆的鲍志道跪在母亲脚下,诉说自己再不去读书了,回来帮母亲分担家庭生活的重担。母亲扶起儿子宽慰他说:"你还

是要好好读书，以后有了长进，也不负我今天吃的这些苦。"

　　和这故事相似的还有黟县商人范慰文的故事。范慰文也是幼年丧父，为了供他读书，母亲不顾自己脚小、体弱，每天都要到河对岸去种菜。一次在狭窄的木桥上为一位挑担的农夫让道时，不幸掉入水中折断了腿。范慰文闻讯赶来扶住母亲，也是哭诉道自己不再读书，而要回家来帮助母亲分担生活重担。没想到母亲忍住剧烈的疼痛，挣扎着站起来让范慰文不用管她，赶快回去读书，日后若能成功，便在这里建一座宽敞的石桥，方便过往行人。

　　这样的母亲，这样的教育，应该说在孩子的心灵中产生的是一种震撼，使他们感到自己日后的成功就是对母亲今天付出的最好回报。鲍志道成为徽州首屈一指的富商时，母亲早已仙逝，因为感恩，他专门修了女祠，供奉像她母亲那样优秀的徽州女人。同样，范慰文经

※ 印象徽商

商成功后，母亲也早已舍他而去，于是他回到家乡，就在母亲当年摔倒的地方建起一座大石桥，并起名为"廉让桥"，以纪念母亲高尚的品德。

正因为黟县乃至整个黟县女人在教育孩子方面不可磨灭的功绩，使得黟县男人儿时接受儒学教育的同时，也潜移默化地传承了母亲那种女性的诸多性格特征。

此刻，我闭上眼睛，一个个或杰出或平凡的黟县男人从我脑海中缓缓走过：他们低眉顺眼，总体性格内敛；他们不喜张扬，不敢也不愿在大庭广众之下说出那种"非我莫属""舍我其谁"的豪言壮语；他们不愿当面开罪于人，遇到需要立即拍板决断的事，也常不免优柔。在"大江东去，浪淘尽，千古风流人物"与"杨柳岸，晓风残月"之间，他们更欣赏后者。同样，在性格豪放、外在风光与感情细腻、内心充盈之间，他们依然选择了后者。在众人眼中，黟县人就是谦谦君子的完美诠释。

说到这里，我突然灵感涌现，想到黟县男人的这类性格特征，如今在黟县古民居建筑上似乎有着充分的体现。黟县人不管官做得多大，钱赚得多少，世代居住的宅第总是小巧玲珑，让人联想到那是一种阴柔的女性生存的空间的特色，全然看不到北方官宦、富商那种高楼连苑的雄浑气魄。

我在与外人交流时，了解到在他们的印象中，黟县男人不善言辞，甚至给人一种木讷之感。其实，我们黟县男人的内心应该说是极其丰富的，只是大

※ 世世代代都有人做官是整个宗族的希望

多数人深藏不露，这在黟县民居建筑上同样也可以得到佐证：一个村落数百幢民居，远远看去，就只是一片白墙黑瓦，朴素无华，而走进古村，推开一扇扇大门，你便会惊异地发现那白墙黑瓦的里面，竟然是雕梁画栋、琳琅满目。因此，你倘若偶然走进黟县男人的内心，同样会获得类似惊异。只是当时这些想法我没有说出来，怕引起人家误解。

于是，我继续说道，黟县男人这种性格上的内敛，也使得许多满腹经纶的人才不被人们发现和重用。往往是经过很长时间的接触后，人们才发现黟县男人的真实价值，然而，那时早已过了最佳使用期。当然，黟县男人的这种内敛，也使得他们因为过于谨言慎行，以至于形成创业不足、守成有余的弱点。

内敛的性格，使得黟县男人即便成了远近闻名的富商仍保持低调，不事张扬，他们虽然乐于积聚，但这种"乐"，不是喜形于色，

※ 无法考证这高大巨石垒成的墙基
上,是当年哪个高官富商的房子

而是偷着乐,然而,这种偷着乐并不妨碍他们将对社会公益事业的关注和对穷苦者的关爱作为最大的快乐。黟县男人大多从小生长在母亲身边,对中国妇女那种勤俭持家的美德是耳濡目染,特别是一些穷苦家庭出身的孩子,对"一粥一饭当思来之不易,半丝半缕恒念物力维艰"深有体会,所以不仅是创业过程中他们节衣缩食,即便是获得成功后,绝大多数人仍能保持勤俭本色,一些早已是腰缠万贯的富商依然坚持"家有千金,不点双芯"的家训,提倡"布蔬随缘"的简朴与淡泊。顾炎武先生说得好:"徽州人富甲天下,而他们的节俭也是甲天下的。"

黟县人这种自身的节俭并不妨碍他们对穷困者的资助,他们从母亲身上秉承了中国妇女那种善良的美德,感悟"种十里名花不如种德,修千间广厦不若修身"的追求。他们同情弱者,对穷苦人给予力所能及的施舍;每遇灾荒,他们施粥、施衣、施药,甚至施棺椁;对社会公益事业如修桥、补路、建学校,也都能慷慨解囊。但在做这些善举的时候，他们中许多人因为对母亲性格潜移默化地传承，不敢豪放地倾其所有、孤注一掷般砸在一个捐赠项目上，往往是细水长流地支出财产中的一部分，即便支出的这一部分，他们也常常不愿用在一个项目上，用我们黟县一句俗语说，即"不能把一斗芝麻种在一个宕里"，而是像撒胡椒面一样每个项目上捐一点。

我曾看到过一些捐赠文书，常常纳闷明明捐赠数量不大，但捐赠人数众多，究其原因，恐是性格使然。只是这样做，捐赠总量有时虽比别人多，却让人误解黟县人"小气"。也有人认为，正是这种误解使得黟县男人无论是官场还是商场均交友不广。

其实，交友慎、乡情淡正是黟县男人另一性格特征。黟县女人在留守家乡、独守空房的岁月里，遵从封建社会三从四德及男女授受不亲的古训，在与人交往，特别是与男人交往中，始终保持一种洁身自好的谨慎。她们极少交朋结友，与非亲非故的陌生人更是不会有任何交流。她们日出而作，日落而息，即便是同宗共族的男人她们也只是面熟，很少能叫出人名。这种行为方式在对孩子的教育中势必会产生一种负面影响，那就是心理极其敏感，特别是对生人有一种本能的抗拒与警惕，他们以自我为中心，不敢也不愿与人做深层的交往。那种"老乡见老乡，两眼泪汪汪"的乡情与"为朋友两肋插刀"的江湖义气，在黟县男人的交往中极少见到，特别是在官场上，"一人有福，牵带一路"的俗语，在黟县乃至整个徽州人中都不太适用。徽州男人，一旦进入权力部门，对同僚中的老乡往往是敬而远之，对下属中的同乡，也多不愿提拔重用，他们害怕人家说他们拉帮结派、搞小圈子，他们有时甚至不惜牺牲老乡来撇清培植同乡的嫌疑，以示自己的清廉。清代乾、嘉、道三朝元老曹振镛当年就曾当着众考官的面摒弃徽州老乡黟县俞正燮的试卷。俞正燮当时已是江南有名的大儒，学富五车、著作等身，然而终生清贫，一直想通过科举来改变一下命运。几经挫折，四十七岁时他再度赴试，而当年主考官是徽州老乡——当朝一品的军机大臣曹振镛。经过一拨一拨地考官筛选，启封后的试卷送到主考官的面前，然而，万万没想到在最后审卷时，曹振镛竟有意将俞正燮的卷子挑出，摒弃堂下，斥之为"吾平生最恶此琐琐者"。在场考官为之一惊。后人评价曹振镛此举有失宰相风度，试想，俞正燮当时已颇有名望，大家都知他是徽州大儒，即便是他的试卷不合主考之意，也不必当众侮辱他。曹振镛这样做的原因，如果不是与俞正燮有什么过节的话，那就是想通过这种"大义灭乡谊"的举动来标榜自身的清廉。试想俞正燮一介穷儒，终生难得见到官居一品的曹振镛，何来过节？想想个中原因也只有后者了。

　　封建社会官场中讲究相互关照、相互提携，因为只有这样，你

※ 新人下轿后要踏着布袋前行,然后司仪高唱"一代高一代,一代胜一代"

才有可能稍稍施展自己的抱负。黟县男人在官场上不善交谊,同乡之间又不愿提携,唯恐让人产生拉帮结派的误解,也许是想效仿王安石的"官场无私交",所以给人的印象是"智商"有余"情商"不足。纵观明清两朝黟县为官者,大多升迁艰难,他们的官多数做得很累很辛苦,因为四顾茫然,看不到支持者,所以只能事必躬亲、亲力亲为,而讥讽者、掣肘者又让他们往往无法招架,最终生出一种"请缨无路、报国无门"的悲凉。

黟县男人的这种性格虽在官场上很难有大作为,但在商场上如鱼得水。官场需要玩得转错综复杂的人事关系,而商场虽也讲究人事关系，但它更重视的是一种契约精神，"亲兄弟、明算账"。黟县男人从小接受的母亲那种谨言慎行、心思缜密、勤劳节俭、诚信义利的熏陶，便得以充分地发挥，而宦海中的那种"官场无私交"的约束和情感淡漠也在这里稍有改观。"一人有福，牵带一路"的理念，在这一领域中得以淋漓尽致地发挥。他们鼓励牵引同宗共族甚至同府共县的年轻人走出大山，求利四方。他们在商场上相互关照、相互支持，最终成了徽商中的一支劲旅……

　　酒酣耳热后，不想，其中一位东北大汉竟然走过来拍着我的肩膀说："听你这一讲，我觉得黟县男人可交，特别是当今这个时代，黟县男人诸多性格特征早都成了'珍稀动物'了。"大家全都笑了起来。

木雕历险记

　　宏村"承志堂"被誉为民间故宫。这幢建于清末的民居，以精美绝伦的木雕闻名于世。可以说，没有这些木雕，承志堂就不可能成为众口交赞的"民间故宫"。然而，"文化大革命"中，这些木雕也曾面临灭顶之灾。

　　1966 年冬天，"文化大革命"已是如火如荼，黟县宏村所在地的际联公社成立了红卫兵造反组织。为了保持与全国各地红卫兵革命行动的一致性，红卫兵发出通告，所有古今中外文学艺术作品都属于焚烧毁弃之列，家庭成分好的干部群众自行清理，属于地、富、反、坏、右家庭的，则由造反派组织人抄家清理。一时间宏村千家万户门罩上、厅堂上栩栩如生的人物砖雕被砸去了脑袋，就连房间里的雕花木床上许多狮子也不能幸免，身首异处。

　　作为际联公社办公用房的承志堂，其木雕精美实为中国古代建

※ 木雕陈列馆宏村承志堂

筑艺术的精品。如何保护这些木雕精品不受灭顶之灾，令当时的公社领导和一些具有文化良知的人左右为难，一个不慎的举动，不仅可能毁了自己的政治前途，还会连累其他干部。于是只得采用各种借口，拖一天算一天，屋内木雕虽是苟延残喘，但也算一直完好无损。然而，有一天他们听说，造反派第二天将来公社夺权，夺权后，这承志堂就会成为造反派的司令部。那些年轻气盛的造反派不会允许木雕上那些代表封、资、修的帝王将相、牛鬼蛇神继续在他们的头上神气活现、耀武扬威，结局可想而知，再不想办法就来不及了。

于是，这天夜里公社召开全体干部会议，几位事先通了气、取得共识的干部在会上踊跃发言。首先是统一认识，在公社机关里成立造反组织，支持革命群众的革命行动。这一招是变被动为主动，不等别人来造你的反、革你的命，我们先自己造反、自己革命。此后，即便是有什么问题，也是造反派内部的认识不同，不存在不可调和的阶级矛盾。

※ 保护下来的木雕图：用荷叶秆品茶是何等的自然、洒脱

紧接着有位领导提出："这房

※"文革"中栩栩如生的木雕人物被凿去了五官

子里的木雕，我们要坚决支持造反派的意见，统统必须砸烂狗头。只是明天那些年轻人来了以后，拎着刀子斧子爬上爬下，万一出个意外，我们就对不起革命对不起党了。所以，怎么样也不能让他们辛苦。"（这话说得多有智慧，即便传到造反派耳朵里，那些热血沸腾的造反派也不会想到此话背后的玄机）

紧接着那位领导又说："可不让他们干，我们自己动手，大家都是上有老下有小的人，万一有个什么闪失，我们这些当领导的怎么向你们的家人交代，怎么向组织交代？"（这话又极有智慧，因为在公社内部难保没有人想在这次运动中表现表现，所以这句话也把那些人给镇住了）

接着另一干部发言说："这房子已经有百来十年了，这样刀砍斧劈，肯定承受不起，我们日后还得在这里面上班，说不定哪天狂风暴雨，房子塌下来，可不就把我们活活给埋了。"

※ 精湛的木雕花床

这一说大家马上统一了认识，这梁柱上的木雕不能毁。

"我看这样，"一位年轻干部说，"我们把砖匠师傅叫来，让他用黄泥巴把这些木雕全部盖住，也算是把封、资、修彻底埋葬，然后在外面贴上毛主席语录和毛主席万寿无疆的标语。用毛泽东思想永远压住这些牛鬼蛇神。"这话得到了全体与会者的赞同。

当天夜里，全体干部齐动手，忙到天亮。当外边的造反派浩浩荡荡冲进来时，一看全都惊呆了，承志堂里哪里还有封、资、修的影子，革命造反气氛非常浓烈，而且，人家机关里也成立了造反组织，想要夺权还得先坐下来和人家谈谈大联合的事项。而梁上、柱上那"牛鬼蛇神"现在全让毛主席语录罩住了，你要上去砸，先要撕毁那些语录，可那是滔天大罪。

"文化大革命"结束后，二十世纪八十年代中期，宏村开发旅游，承志堂成了主要景点，人们揭开梁上的标语，用水把泥巴润湿，然后用小刀和刷子一点一点把泥巴剔去。没想到当年工艺竟是那样精湛，虽然被泥巴糊了近二十年，一切都完好如初。

牌坊生死劫

无独有偶，同为世界文化遗产的西递，有一座与承志堂同样名气、同样价值的建筑——牌坊。有趣的是，这座六百年前的杰作，"文化大革命"中也同样经历了一次死里逃生的劫难，而且这次劫难比承志堂木雕更惊险。

1967 年春天的一个上午，几位西递村贫下中农造反队的队员扛着炸药包来到西递牌坊前。一阵手忙脚乱后，四个炸药包被绑在牌坊的底座上，装好了雷管，拉起了导火索，随时准备实施爆破。这时几位被罢官靠边站的公社领导干部闻讯赶到牌坊前，看到这座建

※ 牌坊

造精美的石雕牌坊顷刻间就要灰飞烟灭，一个个心里非常不是滋味。

一位领导干部装着什么事都不知道，来到那几个造反派身边，先掏出香烟一人发了一根，笑着问："这大清早忙什么呢？"

一位年纪稍大的造反派回答说："队长说，这牌楼是封、资、修，让我们把它炸了烧石灰。"他们说的队长原先是生产队长，现在成了造反队队长。

"对对对，是要炸，是要炸。"那位领导干部先是附和着说，随后话锋一转，"不过村子前边十二座牌坊都让你们给拆了、炸了，留下这一座做个反面教材不好吗？"

西递村子前边的古道上，先前共有牌坊十三座，一座接一座，直达村口水口亭，俗称"十三太保"，是西递当年鼎盛与繁华的标志。中华人民共和国成立后，历次政治运动，都会毁掉几座牌坊，村口这座牌坊因为建造最为精良，被称之为牌坊王，村民始终不忍心拆毁它，借口这牌坊拆卸的难度太大，出了事故不好交代，所以一直保留下来。谁知"文化大革命"讲究的就是革命的彻底性，把前边的牌坊拆完后，搬来了雷管炸药，你们不是说拆卸难度太大吗，我们一点火就让它粉身碎骨。

"反面教材？"几位农民造反派对反面教材的意思不太清楚。

"就是坏的东西，懂不懂？"另位领导干部插话说，"好的东西需要有坏的东西来衬托，没有坏的东西，好的东西也显示不出来了，就像农村里有贫下中农，也要有地、富、反、坏四类分子，不然，大家全是贫下中农还有什么高低之分。"

"反面教材"几位农民不懂，但一提"四类分子"他们便清楚了，"文化大革命"开始后，村里苦活、脏活都叫"四类分子"干，而且不记工分，倘若没有"四类分子"，那些苦活、脏活还不都得我们贫下中农自己去干吗。事实证明"四类分子"保留下来还是有用的，这牌坊作为"四类分子"，说不定什么时候也能派得上用场。想到这里，几位农民造反派开始犹豫了。

看到他们犹豫了，那领导干部又递了一轮烟，这回大家的感情更贴近了。

"我知道你们几位都是西递村石灰窑里的一等炮手，西递周围许多山头都让你们给炸平了，只是你们先前放炮炸石头，都是在山里，周围没什么人，现在要炸的这个牌坊立在村口，万一放炮时，哪个巷口不经意间走出个人来，让飞来的石头砸死了，你们自己坐班房不打紧，子孙后代又都成了'四类分子'子女了。"

这话可以说是切中要害，如果说先前的反面教材跟他们几个农民自身关系不大，而这回讲到出了问题去坐牢，还得连累子孙后代，就让他们感到太不划算了。

看到围观的群众越来越多，另一位领导干部接着说："就不说砸到人，你看周围那许多民房，万一把哪家房子砸坏了，你们谁拿钱给他修，我知道你们生产队穷得叮当响，一个工分只有二三角钱，我看你们还是先回去和队长报告，出了问题责任谁担，把这些事情宕好后再来炸也不识。"

几位农民造反派听听这话讲得也对，几个人一碰头，把炸药雷管给卸了，先去向队长汇报。

冲着他们的背影，先前那位领导干部发话说："告诉你们队长，这里在场的革命群众都听见了，我们可是把话说在前头，出了问题，可与我们这些'走资派'没关系。"

尽管当时那几位领导干部已经靠边站，但"文化大革命"有一个残酷的规则："一切革命成果都是造反派的，一切不良后果都是走资派的。"可人家当着这许多革命群众把话挑明了，日后真的出了问题，

※ 民俗专家冯骥才在西递了解遗产保护

往人家身上推能行吗？

据说当时那位造反派队长听了汇报后，把桌子一拍说："他们拿工资的都不负责任，想让我们这些拿工分的来负什么责任。做梦去吧，别炸了，你们都回石灰窑去烧石灰吧。今天每人记半个工。"

西递牌坊就这样死里逃生被保护下来。1993年时任中国佛教协会主席的赵朴初先生来到西递，在这牌坊下久久徘徊，动情地说："这是我见到的中国最美的牌坊，当年那些智慧的领导人叫什么名字？后代不能忘记他们。"可我在采访时，包括承志堂木雕的保护，具体什么人说的，因为过去三十多年了，大家都记不清了。

救命的书信

朱师辙，字少滨，黟县人，1878年出生，是国内著名的文字训诂学家和历史学家，晚年定居杭州。

朱师辙而立之年即与其父相继就任清史馆编修，《清史稿·艺文志》中有百余篇章，均出自其手。

由于对汉学研究造诣很深，得到毛泽东主席的器重与关怀，曾在对有关部门的批示中，高度评价朱师辙："老成望重，应俸给从优。"

对此，朱师辙非常感激。为表示感谢，朱师辙将其祖父朱骏生及自己刚出版的《商君书解诂》和《清真词》两书奉赠毛泽东，以示谢意。

毛泽东收到书后，于1951年10月7日亲笔复函问候："少滨先生：（朱师辙字少滨）9月25日惠书并附大作各一件，均已收到，感谢先生好意，谨此奉发，顺致敬礼！毛泽东。"

1966年，"文化大革命"开始，已是八十七岁高龄的朱师辙被作为封建社会的遗老遗少，自然难逃抄家、批斗的厄运。

一天傍晚，杭州城内一群红卫兵冲进朱师辙家。面对那满屋的文物字画、古籍善本，那些十几二十几岁的造反派惊得目瞪口呆，一个个激动地认为自己破获了一个特大封建堡垒。如果将这些古书、古字画搬到大街上，放上一把火，可以烧它个几天几夜。这在杭州城的造反派中可以说是一个有着轰动效应的新闻。也可以表明他们这群造反派为革命是立下了不朽的功勋。

可惜当时天色已晚，而且他们人手不够，只能一人顺手拎走几幅字画，其余东西贴上封条，责令朱师辙不准动，明天他们将组织大部队来搬运。

造反派扬长而去后，朱师辙真是痛不欲生。这些字画、古籍，是他们一家祖祖辈辈花了多少财力和精力才积聚下来的，他宁可那

※ 冬日山村

些造反派要了他的老命，也不能让他们毁弃这些珍贵的中华文化遗产。一想到明天一早，造反派再次光临时的场景，朱师辙是老泪纵横，这时真是叫天天不应，叫地地不灵。该去向谁求救？这种时候在中国大地上，唯一具备这种能量的只有毛泽东，可毛泽东远在北京无法联系，于是，他想到了毛泽东写给他的信。

从珍贵的礼盒中，朱师辙找出那封用红布包着的信件，十分虔诚地摊在桌上认认真真看了一遍又一遍，尽管他早已背熟那信上的每一个字，甚至每一个标点符号，但此刻他心里仍是忐忑不安，如果明天红卫兵来了，说这封信是他伪造的，当场撕毁或没收，那他将是后悔终生。然而，此刻除了这封信，他没有任何办法可以保住这满屋的文化遗产，无奈只有孤注一掷。他找来一个精致的相框，将原来的照片全部卸下来，再用一张红纸衬底，将毛泽东的来信端端正正地镶嵌在镜框里，然后端端正正地悬挂在厅堂上最显目的地方。为了让红卫兵明天冲进大门时，一眼就能看到这封信，他在相框上特地披了一块红绸。

第二天一大早，头天晚上草草收场的红卫兵召集了更多的战友蜂拥而至，边走边呼口号："一切为了毛主席，一切想着毛主席，一切紧跟毛主席，一切保卫毛主席！"

朱师辙战战兢兢地站在大门边，红卫兵进屋，将他推到墙角，让他靠墙而立，不准乱说乱动。就在他们准备动手搬东西时，一位红卫兵头头看到了悬挂在厅堂正上方的相框，走近一看，立刻喝令大家停止行动。众人围上来仔细观看，毛泽东那潇洒的签名他们确实太熟悉了，一个被毛泽东称之为先生的人，此刻竟被他们当成了"牛鬼蛇神"，他们口口声声一切为了毛主席，而此刻的举动，完全是

※ 黟山派创始人篆刻大师黄士陵塑像

在给毛主席脸上抹黑啊！

　　还是一位年纪稍大的红卫兵头头脑子转得快，他来到朱师辙身边，热情地拉住他的手激动地说："想不到我们杭州城里还有毛主席顺致敬礼的朋友，今天见到您，我们真是太幸福了！"

　　他一讲，在场的红卫兵全都围上来，一个个都要与朱师辙握手。

　　朱师辙满屋的古籍字画就这样保下来了，而且红卫兵撤退时宣布："以后谁敢动毛主席的朋友一根指头，我们杭州城的红卫兵一千个不答应，一万个不答应！"

　　这件趣事，今天看起来感到是那样荒唐、不可思议，可在当时那样一个荒唐的岁月，这种事情又似乎是最平常不过的了，因为还有更多荒唐事，后人恐怕连想都想不出来。

一山一水一古屋

时间之外一条河

我以为，人，是无法独立于时间之外的。一条河，却可以，悠游地、闲散地、安然地流淌，看沧海桑田，看世事变迁，看四季流转，看岁月更迭，日复一日，年复一年。

我说的是古黟的一条河，我们的母亲河——漳河。漳河，为新安江上段横江正源，发源于境

※ 黟县境内多清溪河流

内章岭之间的白顶山，由北向南横穿县城后经二十里黟渔峡谷，往南至渔亭汇入横江。漳河，细水蜿蜒，穿城而过，婉约清秀，恬淡平和，倚着千年历史的古县，在时光的隧道里一路穿梭，涓涓而来。

悠悠漳河，看似文弱纤细的漳河，一直从容地伫立在时间之外，默默承受风雨、承受尘沙。用她的沉稳包容了千年岁月的跌宕，载走了小城几世春秋和无数个闲散的日子。如今，她盛满了小城人深深的缱绻依恋，以她温婉的禀性滋润着这一方山水。

※ 迁居黟县的陶渊明后裔为先祖立下的墓碑

在漳河的岁月里，我只是过客。可我有那么多的记忆是和漳河联系在一起的。

小时，生长在乡村的我，极少进城。当父亲第一次用那辆破旧的自行车载我来时，我心激动却忐忑，不知那里将是一个怎样的繁华世事。慢慢临近，心下愈是惊恐不安，怕小小的自己终将迷失在一个陌生的世界里。忽然的，我就看到了这条河。在乡间我是整日地泡在河水里游泳、摸鱼、打水仗的，因此看到河，我感觉这样亲切，忽然心就安了——城里也有这样一条美丽的河呢。就这样我牵扯着漳河的衣襟，第一次来到我当时眼里偌大的县城。此后，每次来，漳河就成为我心安处。

漳河总是这样温柔、静美、宽容，一如我的母亲。就连那年发大水，也是那样处变不惊、从容镇定。那年我到县城参加中考。连续的大雨，各地都在抗洪，漳河水也已暴涨，漫上堤岸。所幸，漳河沿岸，古堤坝牢固，河上诸桥，设计精巧科学。桥墩向上游延伸超出桥体，墩头呈削尖状，以利分水，缓解洪峰冲力，故并未有大的危险。每天，我挽起裤管淌过流向街面、小巷的漳河水时，心里在默默祈祷：漳河，沉稳些，再沉稳些，让我安然、幸运地渡过这些最重要的日子。每天我携着漳河水的气息穿梭于那些令人发怵的考场，似乎那水给了我安宁和灵感，那一年我以优异的成绩毕业。从此，漳河便仿佛成了我生命历程里的一部分，曾经的过往里，漳河一直温暖着我。

工作了，依然在小城。每天必过漳河上一座黄山市境内始建年代最为久远的古桥——通济桥。这桥曾是古黟通往北方各省的重要驿道，全用黟县青石砌成，结构严谨，端庄古朴。每天，我都会在老桥上迎风伫立片刻，用赤诚的眼眸与漳河深情对视。漳河，用她的舒缓安抚着我风尘仆仆奔波的疲惫和困顿，用她的豁达沉淀着我内心的繁杂和喧嚣，用她的洁净涤荡着我心灵的污浊和尘埃，并且以她的坚忍一次次让我汲取勇气、坚定信念……

如今，我多么幸福，和所有小城里的人一样，与漳河为伴，临水而居。每个夜晚，我都枕着一湾漳河水安然入梦，她均匀沉稳的呼吸让这夜静谧、甜美，让小城安宁、沉静……

漳河，是小城的灵魂。

从古至今，她殷殷守护、默默陪伴、深情拥挽着小城，泊在每个小城人的梦境深处，沉淀成心底的踏实和温暖。似乎有了它的存在，这古城才有了生命，才有了灵动，才有了生气与希望。

※ 鸳鸯谷古栈道

漳河，是小城的丰实。

一岁岁春华秋实，漳河如母亲般哺育着这一方土地。一川碧水在郁郁葱葱的黛色山峦间流出，所过之处，草木葱茏，鱼肥虾美，良田万顷，稻花十里飘香，俨然一个富庶的鱼米之乡。

漳河，是小城的风情。

古朴娴雅的河，走过沧桑岁月，而今依然风姿绰约，日夜低吟浅唱。一河水，在远山的衬托下，温婉平缓。水光潋滟，折射着迷蒙的光晕。小城倾心打造的漳河景观带，绿树亭阁，杨柳依依，桨声欸乃，钓者闲歌，好一个田园牧歌的诗意江南……

如此，漳河，我们永远的母亲河！

我敬畏时间，也敬畏伫立在时间之外的这条河。

徽韵悠长古黟城

北纬 30°，黄山南麓，秦置古黟，一片神奇的土地！

《新安志》载："黄山旧名黟山，秦置黟县，取义于此。"

古时黟地商周属扬州，春秋属吴，吴亡属越，战国属楚，秦始皇二十六年（公元前 221 年）置黟县，属鄣郡，故而有"古黟"之称，是古徽州文化的重要传承地和核心地区。

　　多少次，那些静谧的黄昏，金色的夕阳下，我徜徉在古黟城中触摸她的脉搏，感受她的心跳。也许，那象征"天圆地方"的圆形城墙已不复存在；也许，那城墙上东门"吉阳"、西门"望仙"、南门"通闾"、北门"永宁"、东南门"桃源"、近县治门"景星"都已无从找寻。但，那东街、南街、西街、北街、泮邻街还在，一条条光洁的青石板路连着幽深的小巷蜿蜒，古城内部格局和机理如此清晰；那程氏宅、环山楼、怀德堂、程梦馀宅、周氏祠堂还在，一幢幢徽派民居祠堂肃然站立在小城深处，古城建筑的历史风貌保存这样完好；那通济桥、九洞桥、槐渠、三元井还在，穿城而过的溪水与河流从远处的光阴中走来，古城沸腾的血脉依然流淌得这样灵动欢跃……

　　这就是我一直生活和工作的小城。

　　最初的时候，我生活在小城的乡下，对县城充满了敬畏和渴望。第一次来县城，我就遇见了那座此生见过的最美的桥。是一

※ 古城西街

个夏天的清晨，我怀揣着忐忑和兴奋紧紧拉着父亲的衣襟，坐在那辆破旧的永久牌自行车后面。快要进城时，漳河从一个河湾处拐到路边迎接了我们，沿河行，忽然一个抬头，我就看见了绿柳婆娑中横跨漳河的这座桥。一顷碧波之上，通济桥稳稳地伫立，暗哑暗黑的青石色调显得古朴厚重；三个孔洞倒映在

※ 东街古民居

水中，形成一个个漂亮的圆；黟县青砌成的桥墩的缝隙里，几棵狗尾巴草迎风摇曳，仿佛跟我亲切地打着招呼……我再也不肯向前了，执意要到桥上走走。通济桥桥身用花岗岩垒砌，桥面铺条石，桥短柱密，显得结构严谨、端庄古朴；墩向上游延伸超出桥体，墩头成削尖状，以利分水，可见设计之精巧。父亲告诉我，通济桥始建于南宋，是黄山市境内始建年代最为久远的古桥，也曾是古黟通往北方各省的重要驿道。我在桥上站着，时而临风看看柔婉灵动的漳河，时而翘首眺望远处的小城以及近处的麻田街，偶有过桥的爷爷奶奶对在桥上蹦蹦跳跳的我报以善意的微笑，那么温暖，那么亲切。

那一刻，我知道自己爱上了这座桥，爱上了这座城。

※ 雪夜贾家弄

之后仍跟着父亲向前，我不再那么拘谨，而是好奇地东张西望。这时我就看见了它，这座庄严肃穆的县衙正堂。我此前从没看过这样的建筑，如此阔大，如此敦实，如此庄重。房子不高但房檐低沉，整个房子是歇山式方形建筑，飞檐翘角，正脊两端微微上翘，结构简朴，庄重大方；县衙外的横梁、木柱以及栅栏以朱红漆上色，因年代久远，色彩已然剥落；衙门两边悬挂"三年耕，九年食，百姓永足；五日风，十日雨，一邑丰穰"楹联，正中的梁柱上悬挂"正堂"匾额，依然透着威严。多年后，我才知道这县衙正堂始建于宋徽宗宣和年间，是古徽州地区县衙建筑的唯一地面遗存。当时，我绕着它，来来回回好几遍，完全被它的气势镇住了。

此后，我多次来到小城。也曾在修建于梁朝、作为黄山市最早水利工程之一的槐渠边嬉戏，也曾在北街口唐代的薛公井边好奇张望，也曾在那棵逾千年历史的宋柏下漫步徜徉，也曾在明代始建的碧阳书院里凝神沉思……古黟城，仿佛穿越重重岁月向我走来，向我展示它历经风雨的沧桑坚韧，也向我述说往昔的荣光、未来的遐想。

今天，我终于一头扎进了它的怀抱。也许是冥冥中的缘分，我最初认识的通济桥和县衙，居然就成为我生活和工作的地方。我现在与漳河为伴，临水而居，每个夜晚，都枕着一湾漳河水安然入梦，每个清晨都走上通济桥迎着阳光而行；过北街，走西街，沿一条小路到达县衙正堂边，是我原来工作单位必经之地……

每一次遇见，都是久别后的重逢，也许这就是我们的机缘。

现在，我有更多的时间阅读这座古城，仿佛翻阅书架上一本厚厚的线装书。我为它拥有如此多的历史文化资源而惊叹：两处世界文化遗产，六处国家级历史文化名村，二十六个中国传统村落，七十一处文保单位和众多的历史建筑；为它传承了大批具有徽文化精髓的非物质文化遗产而欣喜：列入省级非遗项目有八项，市级三十三项，县级二十八项；为它涌现出众多仁人志士而自豪：南宋学士汪勃，清太守黄元治，清代著名学者俞正燮，徽州篆刻黟山派创始人黄士陵，现代表演艺术家舒绣文，以及汪希直、舒先庚、韩锦侯等诸

※ 未来有更多的影视来下城拍摄

多革命烈士。这些是黟县珍贵的精神财富，构成了黟县文化的独特内涵。

黟县，"自郡县肇封二千余年来"，"农朴而士秀，井里桑麻间，弦诵之声相闻"。

※ 城里的房子就这样一幢挨着一幢，然而感觉不到杂乱和拥挤

黟县，一方朴拙灵秀的山水，一脉厚重辉煌的历史，一座古韵犹存的名城。

这就是徽韵悠长的古黟城！

这就是我深深眷恋的古黟城！

月是宏村明

　　我喜欢在皓月当空的夜晚去宏村，没有白天旅游团队潮水般地拥进拥出，喧嚣一天的古村开始回归平静，宏村像一只静卧在荷塘月色中的老牛，静静地、悠闲地反刍着胃里的食物。

　　月光，像是一幅乳白的轻纱，罩住远山，近处传来潺潺流淌的

※ 宏村月沼

水声。我信步走在那洒满月光的湖堤上、水圳边，此刻水圳和月沼边上还聚着一些不知疲倦的女人，她们一边浣洗衣物，一边轻声地谈笑，那清脆的嗓音和着一声声节奏明快的棒槌声，构成了一道别有韵味的诗情画境。

月下寂静的古村，让我的身心浸润在无边的宁静与淡定中，早先淤积在心内的杂乱与烦躁，在此情景中渐渐稀释。这宁静与淡定

的环境使我终于有了一段时间与空间来冷静地思考人生。

月色的清静，让我放慢了平日匆匆的脚步，准确地说是放慢了人生的脚步，让我思索有限的生命历程真的需要那样年复一年、日复一日快节奏地匆匆行走吗？快节奏早已让我们失去了生命中最为珍贵的健康，淡漠了我们对生命的热爱和人世间最珍贵的亲情。

记得早先看过一篇文章，说是 1986 年，意大利罗马的民众，因

※ 夏日南湖

※ 宏村到处都是这样精雕细刻的门窗

为有人在广场边上建立了快餐店，而举行了声势浩大的抗议活动。他们以"慢餐"命名自己的组织，以此提倡人们学会享受生活，慢慢品味食物的美味。

抗议活动最后取得了胜利，"慢生活"的理念逐渐被民众所接受。政府率先在意大利小城市布拉提倡慢生活。在那里，你完全不必急着赶路，急着去上班，急着去赴约，所有的人都沉浸在慢生活带来的惬意中。

也有人对这种慢生活提出质疑，认为是在为懒惰开脱。但那里的民众认为，慢生活不是提倡懒惰，慢速度也不是让人消极怠工，恰恰相反，慢生活是让大家在努力工作的同时，依然能保持平和的心态，细品生命的真谛，让快与慢节奏均衡，进而达到尽情享受生活的目的。

我之所以想到这则故事，是想告诉自己，在明白人类生存的实质意义后，要淡定地懂得选择放弃与放下，不必执着于成败。其实，人生不必完美，不必极致，如同享受不了所有的幸运一样，你也做不完所有的工作，与其这样劳累，还不如为别人留一些机遇与平台，让别人也能体味到你曾经历过的愉悦。

在宏村的高墙深巷中，我缓缓行走，如同脚下的清泉在月色中缓缓流淌。我不时抬起头来，仰视高天朗月，心底感到一片澄净。渐渐的我感到自己竟如此渺小，如此虚无，并非平日自我感觉中那样充实，那样似乎举足轻重，这世界其实多你一个、少你一个并无多大的区别。这种从内心升起的谦卑，让我体会到更多的生命乐趣。

往昔束缚自我的羁绊，盲从别人的人生价值与追求，以及强烈的物欲，此刻感到是那样可悲，那样微不足道。

宏村的月夜让我感到真是上苍的惠赐，因为瞬间我从心底宽容早先对我曾经有过的伤害，让我笑对人生的坎坷与不幸，珍惜当下点滴之爱，并希望未来也能像这宏村的月夜，风轻云淡，从容不迫。

远处传来一两声狗叫，方知夜已深了。路边的老房里，偶尔还会传出孩子们喃喃的梦呓。于是想到儿时读的古文《口技》："遥闻深巷犬吠，便有妇人惊觉欠伸，继而儿醒大啼……"

静静地品读西递

我迷恋这样的时刻。

清晨或者黄昏，西递，狭长绵延的小巷，油亮清脆的石板，布满青苔的石阶和缠绕着老藤的粉墙，古韵依依，氤氲着怀旧的气息。就这样漫步着，品读着，时光悄悄地游走，心渐渐沉静下来，仿佛能听见西递平和轻声的呼吸和淡定温柔的喃喃细语。千年岁月，西递的昨天与今天、历史与现实，光阴里曾经的繁盛与一路走来的风雨，

※ 西递后溪静谧而整洁

一齐向我涌来……

就这样，静静地品读西递。

品读西递，品读它处处彰显的非凡的徽商气度。

西递村的大户人家，非官即商，而房子建造得高大富丽的多半是经商人家。他们在外经商成功后，大多要回乡建造房子，光宗耀祖。这样的房子必定气势恢宏，你只要随意地一抬头，那些精美绝伦的木雕、石雕和砖雕都会让你惊叹，惊叹建造者的匠心独运和那非凡的气概。西递商人秉承了徽商的儒家气度，诚信为人、乐善好施的故事一直为今人所津津乐道。西递村江南六大巨富之一的胡贯三，一生为公益捐资无数，曾为兑现独家承担修复被洪水冲毁的歙县河西大桥的诺言，而卖了十二个钱庄和当铺。今天，我们所熟悉的齐云山登封桥、西递街巷里那些青石板的大道，便也是他捐资修建的。西递的另一个商人胡时虎建造的"瑞玉庭"中，错字楹联"快乐每从辛苦得，便宜多自吃亏来"，体现了另一种人生哲思。西递村还有青云轩主人胡春开分蚌赠友、胡荣命拒租招牌等故事，都被传为佳话，共同彰显着徽商旷达的气度。

品读西递，品读它处处散发着的浓郁的文化气息。

行走在西递，我常常惭愧。面对它深厚的文化底蕴、质朴的人文情怀，我为西递先人的聪颖和智慧而赞叹，为自己理解力的浅薄

※西递后溪入口

和汲取力的微弱而惭愧。作为世界文化遗产地，西递的每一块砖石一个瓦片、一栋房子一座祠堂、一副楹联一张壁画都是人类古老文明的见证，都内蕴着徽文化的精髓。西递目前完整保存的古楹联不下百副，"书诗经世文章，孝悌传家根本""读书好营商好效好便好，创业难守业难知难不难"……楹联大多是主人的传家之道，内容丰富，寓意深刻。而富有诗情画意、蕴含雅致情趣的是那些古民居的门楣上方或庭院墙壁上嵌刻的门楣题额："井花香处""枕石小筑""西流虹亘""东皋日华""浣月""半闲""步蟾""挹芳"……单是听听这些名字，已令人浮想翩翩、心驰神往了，更别说那些飞檐翘角的建筑里、那些造诣深厚的"三雕"艺术中、那宏伟高大的祠堂和溯本究源的宗谱内所积淀的文化气息。西递村自古文风昌盛，村内有东园、百可园、笔啸轩、桃李园等数十处私塾、蒙馆和私立小学，而黟县第一所"崇德女子学堂"也是黄杏仙女士在西递创办的。据载，仅胡氏一族入仕者就达一百一十五人，廪、贡、监生达二百九十八人。今天，面对西递保存下来的如此深厚的文化遗产和资源，欣喜之余，几分忐忑涌上心头，万般责任担在肩上，悠悠千年文化，传承和发扬是永远的主旋律。

品读西递，品读它处处体现着的博大的包容情怀。

徜徉在西递，我常常恍惚，似乎一转弯便能与他们相遇：那些赴京赶考的学子，背负着家族与亲人"学而优则仕"的期望，怀揣着"济苍生、安社稷"的豪情壮志阔步前行，也许金榜题名荣归故里，也许名落孙山寒窗再读；那些踌躇满志的商贾，怀抱光宗耀祖的宏伟志向大踏步向前，成就徽商几百年鼎盛……然而，千年岁月已远，与我迎面而来的只是那些匆匆的过客、观光的旅人、作画的学生！世界的千变万化、人来人往，历史的烟云聚散、跌宕起伏，西递都这样静静地凝视着、经历着、包容着。也许，正是这种从容不迫、荣辱不惊的情怀，才让这个处在深山里的小村，一步就走向了世界。

※ 古村晨曦

品读西递，品读它处处透露着的淡定的人生修为。

到过西递的人都知道，西递胡氏乃李改胡，为唐后裔，现在村中胡氏百姓其实都是皇族后裔、金枝玉叶呢。曾经的辉煌显赫，曾经的岁月沧桑，如一抹淡淡的烟云拂过，沉淀下来的只是内敛、沉静、淡定、豁达和沉稳，这些便是我们今天见到的寻常又不寻常的西递。

"忍片刻风平浪静，退一步海阔天空""世事让三分天宽地阔，心田存一点子种孙耕"的楹联、"作退一步想"的门楣、建筑房屋时有意将自家的墙脚向后缩退一大步的做法，凡此种种，常令我感动不已。是什么样的智慧、什么样的胸襟、什么样的见识、什么样的气魄才锤炼出这样富有哲学意味的处事原则和淡定的人生修为？与邻和睦，为人友善，不争蝇头之利，不逞一时之强，时至今日，这样的淡定依然深深地刻在西递人的骨子里。

品读西递，品读它处处洋溢着的美好的和谐意蕴。

今天，西递成了世界遗产地，游客一批一批地在他们祖先构建的村子里穿行，在明清时代的老屋里参观，他们却还依然过着寻常、平静、闲逸的日子。日出而作、日落而息，闲了也托着饭碗到邻家聊天，也有配合旅游摆摊设点的，但与游客都能融洽和谐相处。在村里闲逛，耳畔不时传来咿咿呀呀唱戏和二胡的声音。同时，村周围的田园风光、水色山景又是那样的宁静、清新，乡间风貌原真、朴实，青山碧水、绿树田畴与淡墨色的村庄融为一体，水墨画般的清雅和谐。难怪乎，处在城市喧嚣中的人们总喜欢来这样的地方休闲。人生，寻寻觅觅，莫不都是想要一处这样的心灵放飞之地、灵魂休憩之所、精神回归之处……

能这样静静地品读西递，是一种幸福。

千百年，西递似乎什么都没有改变，建筑、人文、精神和品格，一脉相承；又似乎时刻都在改变，思想观念、旅游发展、节庆赛事，与时俱进。古村里洋溢着新的律动，老镇上彰显着新的活力。站在西递巍峨肃立的牌楼下，阳光从牌楼镂空的间隙里映射过来，使这古老沧桑的牌楼熠熠生辉，正如今天熠熠生辉的西递！

抱膝看屏山

"抱膝看屏山"出自张恨水的《金粉世家》，填的是"临江仙"的词牌，意思是用手抱着自己的双膝，远看如同屏风一样的山川。

这里要看的，却是因"有山状如屏风"而得名的屏山村。

坐在屏山水口亭上，也闲闲地抱膝远眺。长宁湖畔，清晨的雾气缭绕中，风动荷香，有人悠闲漫步，有人倚栏沉思，有人与荷相偎，亦有人不停地用镜头定格……远处的屏山村，在几座山峰的簇拥下，气定神闲，悠然自在；近处大片的稻田桑园沿着村庄蔓延，透着生活的朴拙与鲜活。

这样的屏山，让你再也无法静坐，无法置身事外。

走，这就让我们走进屏山。

别长亭，过水口，走步道；走步道，过水口，上桥亭……也许你要看晕了，却真是这样的线路。原来，刚刚走过的是外水口，现在要进入的是近水口。这个近水口很是讲究，北宋中叶时建有石拱桥，桥上建有桥亭，亭内画有观音、财神、雷公电母等神灵图像，古代设有祭坛，为求神仙镇煞镇邪、保村护丁。

有桥，自然有水。发源于吉阳山的吉阳水由北向南穿村而过，众多石桥横跨两岸，临水而建的房子敦厚挺拔，真一幅"小桥流水人家"的景致。小桥是用两块长条麻石横向拼搭，简洁又极具美感，溪流每过一段便有向下延伸的石阶供人近水浣洗，可见设计之精巧。

护河的石砌堤岸垒得整整齐齐，经年

※ 撑筏逐清波

的岁月中，苔藓覆满，绿草欣荣，石缝中每一处都有别样的景致。你看，那缝隙中钻出的几根芭茅草，临水照影，迎风摇曳，一样的活色生香；野月季巴巴地把自己的藤蔓往水边伸展，一路伸展一路花开，星星点点地牵引着你的视线，填满你的镜头。河水一路缓缓向下，走到中途被一个小碣坝拦住，于是漫过碣坝的水流

※ 流经村中的吉阳溪给村民生活带来了便利

便有了声响，有了气势，也形成一道白瀑，有了飞溅的浪花，仿佛平缓的生活平添了活泼与朝气、轻巧与欢欣。旁边一棵大树靠着碣坝站着，孔武有力、笃定威严的样子，仿佛这溪流的定海神针，安定又踏实。

沿河众多的房子与房子之间，许多的小巷，幽幽地通向村子的中心。随便进入一个，两旁高高的马头墙，灰白色的古砖，青石板的小路，一下子仿佛进入时空隧道，回到鼎盛的明清时光。你看那占地五百多平方米的舒氏家族总祠堂菩萨厅，门楼四柱三间五分，外加两边八字墙上各有一个楼檐，合称七分楼，三百多个砖雕菩萨，

高浮雕，五彩色，令人叹为观止；紧邻其后的是当前国内罕见的明代祠堂舒庆余堂，全长九十六米，占地四百八十平方米，磅礴大气，恢宏富丽，大门铁皮包封，门环古拙，祠堂内墙裙、柱础等无一不精雕细镂、层次分明，令人大开眼界。

在村中行走，你可以随意探访那些站立了几百年的老建筑。玉兰庭、敦仁堂、舒绣文故居、屏山拱峙、阴阳两极井、红庙……

几百年光阴，多少面孔来来去去，多少故事浮浮沉沉，唯有这些建筑，沧桑坚忍，在岁月的风雨中依然伫立。仰望着那些高大的门楣，抚摸着粉墙上斑驳的云纹，倾听着建筑久远的历史，感受着

※ 屏山傍水而建的古宅

古村深厚的文化，你知道，这就是你心底最美的徽州。

※ 屏山舒氏宗祠

把你从时空里拉回的，是那些休闲、时尚的店招。累了，进去喝杯热茶，品杯咖啡，在文创店里找一些屏山印记，在小吃摊前来一个屏山煎饼，谁说又不是一种享受呢。

就这样，走走停停，当你在一个农家小院里吃完腊肉、干笋、毛豆腐、小河鱼出来，夜幕已经降临。这时的屏山，仿佛一下子掀去了温婉羞涩的面纱，变得烟尘、热闹起来，经过一整天的沉静，这样的热闹又是你骨子里所期盼、认可及想投入的。

现在，小河边两岸，早已灯光旖旎。热闹的排档烧烤，露天的歌厅舞厅，特色的茶馆酒馆，精致的服饰配饰……屏山，在夜色中活泛起来。

那么还等什么，你是不可能抵挡得住夜色屏山的诱惑的。没有矜持，没有束缚，去歌唱，去舞蹈，去大声说笑，去纵情欢乐，这就是你渴望的真实又畅快的生活……

真喜欢这样的屏山，喜欢远眺下村庄那种迷离梦幻、不谙世事；

真喜欢这样的屏山，喜欢近处时村庄那种亲切温婉、熨帖踏实；

真喜欢这样的屏山，喜欢白日里村庄那种宁静悠远、古朴清雅；

真喜欢这样的屏山，喜欢夜幕下村庄那种明丽鲜活、热闹欢欣。

都说西湖浓妆淡抹总相宜，我说屏山喧闹宁静总相宜，一样地让你惊喜，让你留恋，让你沉醉，让你思念……

再一次，水口亭外，抱膝看屏山。

夜深了，屏山再次安静下来，仿佛婴孩般进入深沉的睡眠。月色轻柔，做一次深深的呼吸，把自己融进去、融进去，你就是屏山的一部分……

塔川，秋天诗意地栖息

薄雾迷蒙的秋晨，我在遥远处，在宏儒公路的上方，静静地凝视着沉睡中的塔川，这弯躺在小小盆地里的村庄，隐约、朦胧而迷离。

烟云般的雾气笼着塔川，粉墙黛瓦出没在乌桕树浓密金黄灿烂的叶子里，红枫丛中忽又闪现飞檐翘角的影子，让你怦然心动，无边的诗意就蔓延开来。

　　在这样的静默中，第一缕阳光很快落在了起起伏伏的马头墙和林立的树梢上。晨雾一点一点褪去，隐匿到村庄高高低低的古巷深处，塔川渐渐明朗起来。这个深秋的早晨，阳光透明、温柔，塔川从静谧中醒来。不知谁家最先打开了门扉，"吱呀"的声音清晰可闻；有早起的，门前已晾晒上了花花绿绿的衣物；几个农人，牵着老牛沿着门前的小溪走向田畈……塔川，就此鲜活起来！

　　我轻轻地走近塔川，就如同从书架上抽出一本心仪已久的书，在如此丰韵的深秋里静静地品读。

　　村口，映入眼帘的是樟、槠、枫等数棵巨大的古树，这些遮天蔽日的老树在深秋里重又焕发出绚烂的光彩。塔川依山势而建，敦厚又不失法度地坐落在麻石铺就的巷衢间——斑驳的粉墙宛如年代久远的落叶，精细的门罩、漏窗、雕栏宛如卸了妆的戏台，狭窄幽深的巷弄宛如哀婉女子的眼神……原来我来到的便是著名的木雕楼"积余堂"。堂内仅以毫米计其大小的诗词和精细的木雕美轮美奂，相得益彰，令人叹为观止！堂主人是一位退休的教师，温和热情，用波澜不惊、平缓优柔的语调叙述着房子的悠远历史，他骨子里的沉稳安详亦如这个小村子一般，感觉亲切而熨帖！

　　从"积余堂"出来，往上，会发现许多古旧的老房子。一串红辣椒，几筐白薯干，还有贴在门上褪色的红对联，缭绕着温暖的烟火气息，

※ 红叶满地

点点柿子红红地从高墙内探出小脸，渲染着深秋的味道；有的房子已然颓败，孤单的门洞，破损的围墙，站在墙头迎风细细张望的狗尾巴草，仿佛看见岁月深处光阴的痕迹，为深秋添了些许寥落和苍茫。村里行走，会偶遇悠闲抽着旱烟在村中踱步的老汉、满脸皱纹倚着门框纳着鞋底的老太，他们和你絮絮叨叨地扯着家常；脚步惊醒了一只打盹的老母鸡，它叫着惊慌地从篱笆间飞过，老猫弓着身子警惕地望着门口的陌生人，可爱的小黄狗轻吠着从大院深处跑来……这是童年里故乡熟悉的场景，闲适而安详。

※ 红叶簇拥的宏村想不红火都难

当我来到塔川村前的大片田野间时，已是秋日的午后。站在一丘田埂上，回望，猛然发现，塔川，在这个静静的午后，如一朵花般，艳艳地、灿烂地开放起来。那璀璨来自村前屋后无数棵乌桕树，一个村庄，也都被乌桕的缤纷点染。乌桕树的叶子，每到深秋，经过霜降，由绿变黄，由黄变红，因着阳光照射角度的不同而呈现出不同的色彩。我曾试图数清离我最近那棵树上叶子的颜色：殷红、深紫、鹅黄、金黄、翠绿……斑斓一树，眼花缭乱，呈现出激情酣畅淋漓地释放和生命蓬勃的张力。塔川，以它的沉静包容着深秋的绚烂，

一炽热、一安静、一张扬、一内敛，一华丽、一古朴，协调诗意地融为一体，勾勒出小村独有的韵致。田野里，也有很多乌桕树，或孤单站立，或两两相依，和远山、和草垛、和水车、和老牛、和流岚、和秋阳，抑或和那些由一垄一垄田地构成的色块、线条随意搭配，即是一幅绝美的秋色图。难怪乎塔川秋景被推崇为中国三大秋色之一。此时，阳光无边无际，天空澄澈透明，寂静的原野，只有乌桕斑斓着身姿，我望着塔川，痴痴地看呆了！

塔川，在黄昏时，那炫目的华丽又重归淡泊和安宁。斜阳草树，坳里人家，袅袅炊烟，几点淡淡的云雾，几片刈后的稻田，几条归家的老牛，组成了拾掇不尽的秋意。夕阳西下，整个小村涤荡在一片深秋的绛红中，苍凉的美丽开始铺张。斑驳的日影、草树，以及狗吠、鸡鸣，都显现出一种与世无争、知足常乐的平和景象。塔川的秋天，一下子就刻进了我的骨髓里！

秋天，行走着，在塔川，留下了浓墨重彩的一笔。我缱绻在这塔川美丽的秋日时光，久久不肯离去。

当我最后和塔川做一次宁静的对视时，发现，秋天，正诗意地栖息在这独一无二的塔川！

早安南屏

南屏的清晨是在公鸡此起彼伏的打鸣声中降临的。晨曦抚摸下的古村在甜美的睡梦中醒来，一副恬淡、静谧的慵懒；村口万松桥下的溪水潺潺地抖动一天朝霞，几只鸟儿悄悄飞临溪边，一边漱洗一边啁啾交谈。南屏清晨之美，是一种足以让人心灵产生震撼的美，是一种见到一次便终生魂牵梦萦的美。

然而，南屏的美，并不仅仅是这些自然风光的展现，南屏人清晨真实的生活，更能让人怦然心动。

※ 南屏村街

台湾著名作家龙应台曾对黟县古村的清晨做过一番描述："到了清晨，赫然发现，村子突然活过来了，没有游客，居民都出来了，在街道上、广场上、池塘边，亲戚邻里们捧着大碗吃饭，洗衣洗菜，大声地聊天说笑，整个天空响着村人的笑声和话语声……"

龙应台以一个长期生活在都市中的人的那种对陌生乡村生活感

到新鲜和好奇的目光，打量着古村中人的自然生活情态，感受到乡村人那淳朴自然的生活与那恬淡宁静的田园风光是如此和谐融洽，以至于离开以后，还要再次回头在黟县住上一夜。

　　龙应台描述的那清晨的景象在都市里是不可能看到的，大清早端个饭碗聚在街道上、广场边，边吃边谈，天下大事、邻里趣闻和着饭菜一同咽进肚里。都市里生活的人谁又有那闲工夫，又到哪儿去找这么一块可容交流的环境。可南屏人几百年就是这样质朴悠闲地走过来的，人家那才叫享受生活呢。那种返璞归真，对于今天绝大多数人来说，早已是可望而不可即，因此让人倍觉生动。

　　如果能在南屏住上一段时间，你就会明白什么叫"远亲不如近邻"，居住在这儿的人，没有都市生活的人那么多私密，他们常常一家有喜邻里相庆，一家有难邻里相帮。特别是逢年过节家家包粽子、打食桃，左邻右舍常常是不请自到，就连

※ 其乐融融

※ 南屏叶氏宗祠

陌生的过路人也会被邀进屋里尝尝鲜。这与都市里那种左邻右舍不知姓甚名谁、老死不相往来，有着太大的反差。都市公寓楼中那种隔壁房间被小偷明目张胆偷得一干二净，你看到还以为是搬家公司在为他们搬家的事，在南屏是断然不会出现的。在这里，任何一个行为不轨的人，都会感到周围有着无数既友善又警惕的目光，那效果远远胜过最先进的监控仪器。

南屏村这种邻里之间的和谐，历史悠久。黟县古村，大多是一个宗族聚居之地，而南屏是三个宗族合聚之村，三个宗族相互谦让、相互包容，千百年来，一代一代友好地相处，和谐地生活。

然而，能协调好不同宗族成员之间的矛盾，使他们得以长久地和谐相处，这中间应该还有一个更为重要的因素，那就是村民之间政治与经济地位的接近，没有那种很大的贫富悬殊。

走在村中，看那些古民居建筑，虽也有"官厅""冰凌阁""倚南别墅"那种相对豪华型，但通览所有的建筑，你会发现，它们之间并无多大质的差距，从而推断当初这些房屋的主人政治地位、经济地位并无多大的差异。

其次是黟县文化教育中，推崇个性"内敛"，即便是你在他乡异地早已是富可敌国，回到黟县，你仍然必须是"夹着尾巴做人"，表现出和宗族中其他成员的生活没有什么太大的区别。黟县人对张扬与炫富持一种否定态度，认为那样的行为表现，是对自己乃至整个社会一种不负责任的行为，因为你的张扬和炫富，使别人产生"仇富"的心理和行为，会破坏安定的社会环境，继而引发动乱的局面。

历史上黟县这些聚族而居的古村落中，没有北方那种贫富之间太大的差距，村民们一代一代过的是一种近似于"共同富裕"的生活模式。

当太阳从对面的东山探出半个身子，那柔和的光线投在白墙黑瓦的老房上，你不妨抬头看，阳光中，那高低错落的马头墙似万马腾跃，目光下移，那斑驳灰白的墙体，突显出一种久远的沧桑和宁静祥和。那种动在上、静在下，动在外、静在内的景象，是南屏人

※ 当年水口写生图

性格与生活的写照。有厚重的历史文化底蕴做支撑，南屏的后人定能作出比前人更加生动的文章。

　　南屏的古人是如此的聪慧，这白墙黑瓦的村舍与青山绿水是如此和谐地共存。今天的南屏人秉承先祖的美德，一代一代彼此和谐地相处。这两种和谐的交融，展示了南屏的大美，这"和谐"正是当今最热门的认知科学的精髓。我在写这篇文章时，听说又有一位北京来的文化人在南屏买下了一幢宅居，看来南屏乃至整个黟县已经被越来越多的人视为久违的精神家园。

醉倒在茶意深冲里

深冲，深冲，多读几遍，仿佛这两个字就会沁出浓浓的绿意来。

而到了春天，深冲的绿意里就会一层一层地冒出更加鲜亮润泽的绿尖尖，不消说，那就是深冲的茶。

茶，自古就是开门七件事之一。

它从来都是贴近日常、亲近凡俗的。

它总是和平平常常的日子联系在一起，大把拈茶，大壶泡茶，田间地头，大口大口地饮，生津止渴，降火祛毒；它总是和简简单单的生活联系在一起，栽种、采摘、贩卖、炒制……茶是农人的安康和安稳。

它又时常透出安闲超尘的味道。

它总是和文人雅士的千古诗章联系在一起。烛影灯下，茶香缭绕，品一口，展

※ 现炒现卖

书细读，诗意的况味弥漫，文辞汩汩而出。它总是和隐逸高人、万古琴声联系在一起。高山寒林，幽篁月下，茶香四溢，抿一口，铮铮琴声，丝丝入扣，禅意幽幽如尘世之外。

茶，就是这样，和人间烟火有着不远不近的距离，是恰到好处的契合。

所以，深冲人爱茶。

所以，一个村庄，就这样幸福地深陷在了千亩茶园里，沉醉在十里茶香中了。

悠悠茶意日复一日浸染着这里的山水草木、民俗人情，既朴实、憨直、平常，又优雅、恬淡、悠闲，一如我们熟悉的茶。

深冲是一个小山村，低山丘陵为主，山体相对高度较小，地势起伏不大，植被涵养水源丰富，生态环境极其优越。"茶香不怕山冲深"，千余亩无性良种高产高效生态茶园成为这里最靓丽的风景。

三月春好，深冲的开茶节每年都会如期开幕。

此时，需寻一幽静的茶庄，携两三好友，静静地煨一壶深冲茶，散淡地品茗、闲谈、叙旧，让浮躁的心忘却尘世纷扰，静享浮生一刻安闲。也可推窗向外，近有清流鸣弦、垂柳梳风，远有碧空流云、青山绿树，好一派春景。

而最动人的，莫过于抬眼便能见的那一片片云雾缭绕的茶园，一畦畦整齐碧绿的茶树，它们在眼前摊开、铺陈、蔓延、连绵不绝；弯弯的茶道上，疏淡的薄雾中，三三两两的采茶女如云雀般在茶园里快乐地穿行。劳作，此时是如此富有诗意，那么，不妨也走向深深的茶园吧。鲜嫩的叶芽一片片向着春天的阳光，两叶一芽如花一样开放，在春风中微微颤动，采摘正当时呢。静心颔首，指尖轻触，一枝枝叶芽一片片芳香，恍惚中，仿佛看见自小熟悉的村庄、山丘、茶园、树林，以及在空中掠过的鸟和它们快乐的鸣叫。看见那些蓝天、云朵、风和晚霞，那些水光山色、清风花语，仿佛进入故乡童年的梦呓，心境即刻变得澄澈和空明……

在深冲，只要你愿意，随时可以将你手中的鲜叶炒成新茶，即时品尝。

炒茶的过程，于茶本身，是一种升华和历练，一生千折百转，经风吹日晒，经手揉火焙，终于成就今日醉人的醇香；于制茶者，是一种艺术和功夫，晾、炒、捋、揉、搓、团、烘，哪一样都含糊不得；于旁观者，是一种见识和享受，那一道道工序，那一次次变化，那一阵阵清香，让你惊叹、兴奋、流连、沉醉……

然后，你就可以安然地来一杯心仪已久的茶了。

茶，极具性灵。此时，只等一注生命之水入杯，在沸腾的温度里苏醒、伸展、低洄，茶雾缭绕，茶香萦怀。起先是一朵朵微斜微倾立在杯口，然后又各自如浮生般在杯里起起落落，顾影自怜，优雅地下沉。贪婪地深吸一口气，那缕清香直入肺腑，沁人心扉；微啜，满口盈香中夹杂丝丝清苦，隽永而绵长……

深冲，每日都会泡上一杯浓酽的茶，等候遥远的你，千里万里循香而求，"一饮涤昏寐，情思爽朗满天地。再饮清我神，忽如飞雨洒轻尘。……"然后幸福地醉倒在这浓浓的茶意深冲里！

※ 恬淡的乡村

黟县"都江堰"

在我童年的记忆中，槐渠是县城居民最为亲近的一条小河。

这贯穿县城的槐渠，开掘于梁朝普通年间，即公元525年前后，距今已近一千五百年。

约一千五百年前，城郊横岗一带近千亩的农田，因为没有灌溉设施，每逢天旱，农民们为抵御天灾，辛苦万分。

※ 槐渠上游入漳河

为此，梁朝太常寺卿横岗村人胡明星出资开掘槐渠，从城北柏山，引漳河水穿城而过，解决了横岗千亩农田的灌溉难题，后人称其为黟县"都江堰"。

到了宋代，沿着槐渠建起了商业街，将近五百米的槐渠由明渠变为暗渠，商家在槐渠上架起条石或盖板，上面再建店屋。

古时，人们把流水比成财气，这潺潺流淌的槐渠便象征一个个商家店屋下面的滚滚财源。

而从现实意义来看，古县城的店屋全是砖木结构，倘若发生火灾，将会殃及整条街。而这终年涌动的槐渠，为县城的消防用水提供了保证。所以尽管历史上这条商业街曾数度遭受祝融之灾，终因槐渠的存在而消弭。

槐渠出了商业区，便又恢复了明渠状态，人们在槐渠两岸建起一幢幢住宅，这流经家家门前的河水，为居民浣洗提供了方便。

坦率地说，今日之槐渠已远无昨日之妩媚，先前的槐渠

※ 家家门前有清泉

※ 清晨水圳边聚满浣洗的女人

不仅为城区的居民提供了服务功能，而且造就了一种诗情画意般的境界。记忆中，每天清晨和黄昏，槐渠两岸成了姑娘和小媳妇们聚会的场所，她们的纤纤玉手在清澈的渠水中摆动着，欢声笑语伴随着潺潺的流水，一波一波向前递送。特别是夏秋之季，明月中天之时，那此起彼伏的棒槌声和着女人们的低声细语，给宁静的夜晚增添了几分神秘和柔情。

　　然而，随着社会发展，人多车多。三十年前，决策者在槐渠边建了个农贸市场，先前槐渠边上两米宽的道路再也无法满足现实的需求，加上家家用上了自来水、洗衣机，槐渠原先的服务功能逐渐为现代化生活所取代。于是有一天，人们一觉醒来，发现槐渠上全盖上了厚实的水泥板，变成了宽敞的水泥路。再

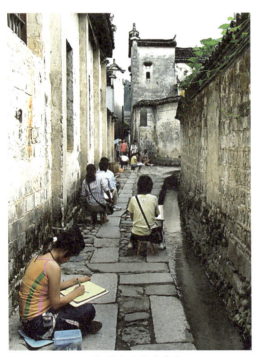

※ 水圳边写生的学生

后来，槐渠成了一条县城的下水道，一阵阵腐物的恶臭常常会透过水泥板的缝隙传出来，槐渠上再也见不到李白诗中那"长安一片月，万户捣衣声"的美景了。当初倾家荡产开掘槐渠的胡明星在天之灵看到此情此景能不欷歔？为什么人类的发展常常会以牺牲传统文明为代价？而中国，又有多少槐渠在我们视野中消失，只在历史中留下一些记忆的碎片。

我在写这篇文章的时候，黟县县政府已做出规划，下决心恢复、重塑槐渠的丰仪。虽然我们心里清楚，一切都回不去了，那种古诗词中的意境再也不可能重现，但敢于站出来坦言重塑槐渠，足见创意者的高度时代责任感和担当精神。维护完美的生态环境，恐怕将是我们一代一代努力追求的目标。

愁眼看炊烟

因为生长在乡村，多年来，我养成了一种爱看夕阳炊烟的癖好，静静地凝视那袅娜缥缈的炊烟，硬是让人生出一种"每到黄昏独自愁"的心境。虽然看的炊烟不算少，但足以让我心荡神摇的炊烟不多，关麓的炊烟当在此不多之列。

　　我常提醒友人，游览关麓，切忌走马观花、浮光掠影，这个只有近百户人家的古村，是以厚重文化为资源的人文景观，不同于简单明了的自然景观，它的欣赏过程，是一种渐悟式的享受。所以，大团队"急行军"式的游览，会降低人们对关麓文化价值的评判。关麓的连休古民居，更适宜一种轻车简从式的深度体验游，三五亲朋，结伴而行，漫步古村，神游久远的历史文化长廊，这家坐坐、那家停停，时空的概念渐渐淡薄，不知不觉，一天过去了，你会蓦然发现斜倚西武岭的夕阳将古村罩上一袭苍黄。

　　我之所以特别让人留意关麓的黄昏，是因为关麓黄昏的炊烟会带给人一种淡淡的诗意的忧伤。

　　记得那次我是在村外的高坡上选了一处平坦的地块，席地而坐，看夕阳贴着山坳缓缓离去。苍茫的暮色中，古村这里、那里飘起了袅袅炊烟，那含着柴草香味的炊烟柔情地撩动我的心绪，一种难以名状的感受渐渐浸润了我的眼眶。

　　古诗云："日暮乡关何处是，烟波江上使人愁。"可见这烟与愁是有关联的。

　　常有人问我，关麓人为什么发

※ 官商人家大门上气势很大的门环，
　是很多人都想拍开的

了财后还要回到这交通闭塞的山里来，为什么不遵循"休念故乡生处好，受恩深处便为家"的理念，选择生存环境更好的地方安居？我答曰，原因很多，但从我的感受推测，其中肯定有一点与这炊烟有关，因为关麓人孩提时代，便领略了袅袅炊烟下是母

※ 关麓人家

亲那张慈爱的脸，长大成亲后，那炊烟下便是妻子姣美的面容和深情的目光……

我曾看过黄山市作家协会副主席刘菁兰的一篇散文《寻找炊烟》，其中写她幼年时每天等候母亲上山砍柴归来时的心情。长大后，她突然想道："那灶膛里燃烧的是母亲的青春与美丽，那袅袅的炊烟飘散的是母亲生命中如歌的岁月……"可想而知，这炊烟对现代人依然有着一种情感上的牵引。

关麓人走出大山，求利四方，这带着慈母爱、贤妻情的炊烟，肯定一直萦绕在他们心头，使他们感到有责任让这些深爱自己的人

※ 关麓一瞥

※ 断墙残垣

有个遮风避雨的场所。于是他们拼命工作，拼命节俭，一批一批的人挣够了钱，回到家乡，建造起一幢幢像模像样的住宅，让父母妻儿住了进去。当年关麓人走出去，其实是为了更好地走回来。而这些房屋便是他们在外创业成功的标志，也是他们陈列在家乡光宗耀祖的祭品。

古人言："子不嫌母丑，士不嫌国弱。"一个对自己的家乡都无甚感情的人，你让他心里时刻装着祖国确实是强其所难。没有这种质朴的家国情怀，故乡那袅袅的炊烟便不能久久地缠绕你的心头。

炊烟在暮云四合时会悄悄散尽，你不妨缓步下山，踅入村中，寻一农户，品一顿带着柴草香味的农家饭菜，然后钻进乡村客栈中那散发着阳光气息的被褥里，很快，刚刚看到的炊烟，又会灵动地飘进你的梦里……

宋代文人的涂鸦

一个春雨飘洒的清晨,我与几位臭味相投的文化人慕名去看"章山题壁"。

章山题壁在黟县史志上多有记载。题壁位于漳河源头,从县城溯流而上,行数里便可得见,然而我们这群自诩为文化人的群体,很少有人去瞻仰过它,搞不清我们每天都在忙些啥?

※ 章山题壁

　　历史上溯到公元 1207 年，即南宋开禧三年，碧山汪氏十二位乡贤在谷雨那天游览"遵孝寺"，兴之所至，提笔记游，并延请匠人勒石以志。题壁记述的是当时山明水秀的情景和他们将生命融于家乡自然环境中的那种愉悦。类似王羲之和他的朋友们酣游兰亭，并写下《兰亭序》一般，只是汪氏的这十二位乡贤名气没有王羲之他们大，故而他们的摩崖石刻也未能更多地得到世人的关注。

　　章山题壁高十米，宽五米，共有楷书一百六十六字，每字高二十厘米。据《汪氏宗谱》记载，当时刻石系所游者集体捐资。

　　题壁上的这十二位乡贤，绝大部分是在各地当官的人，也有些是曾经做过官后致仕在家的。一个宗族中有那么多当过官的人，这在封建科举制度盛行的年代，可以说是那个宗族中的极大荣耀。古徽州作为宋代儒学创始人朱熹的故乡，黟县读书人大多在功成名就

※ 石枧流虹

后，仍然严格地规范自己的道德行为，他们寄情山水，潜心学问，努力提高自己的道德修养，培植高雅的文化情趣。有着崇高的精神追求，使黟县历史上涌现了许许多多清官良吏。

　　这也许便是黟县之所以能

※ 碧山云门塔

成为文化之乡、礼仪之乡的一个内在因素。

　　瞻仰题壁归来时，虽然沐着吹面不寒的杨柳风，然而那沾衣欲湿的杏花雨仿佛浸渗进我的心里。我想，我们也应该为后世留下点什么？恐怕不能只是些钢筋水泥的森林。

千年园林与故主

在独具特色的徽州园林中，我最欣赏碧山的"培筠园"。

培筠园为南宋签书枢密院兼权参知政事汪勃的别墅，距今已近千年，是古徽州罕见的宋代私家园林。

培筠园面积两千余平方米。园中有池塘、竹林、石笋、假山、古木、花卉。园中小路上，有用巨大石块堆砌而成的卷洞隔断园中景致，穿洞而过，方能见到园中另一部分景物。

※ 培筠园中石卷洞

卷洞顶上花木扶疏，并备有石桌石凳。站立洞顶，远山近水尽收眼底。

史料记载，汪勃虽为南宋副宰相，官居二品，却因和秦桧政见不同而屡遭刁难，无奈辞官还乡，建造培筠园闭门谢客，颐养天年。

※ 高挺的石笋

《辞海》解释："筠"者，为竹子的别称。"竹本无心，节外青枝绿叶"，汪勃将自己的住所起名为"培筠园"，是否借此表示自己已无心于功名利禄，以避免某些人的猜忌和迫害？然而，据说当年汪勃常常独自一人站在卷洞顶上，朝着京城临安方向张望，一站就是几个小时。

汪勃退隐家乡时，他家一位佣人为他深感不平，说老爷一生帮助过那么多人，在朝当官时每日门前是车水马龙，如今回到家乡，当初那些每天登门的人，一个个唯恐避之不及，竟没有一个人肯来关心他的起居，人情冷漠，真让人寒心呀！

然而汪勃淡然地开导他说："你知道大雁为什么冬天要往南飞

※ 西园，西递世代富商加官宦的胡文照私家园林，虽然有权有钱，人家却都没有炫富去建一个占地百亩的大花园

吗？动物都知道飞到温暖的地方去求生存，所以，趋利避害也是人之常情，君子达则兼济天下，穷则独养其身，不必苛求于人。"

不过这种表面上的淡漠，毕竟掩饰不住内心深处对国家命运的关注，所以，当那位以反对秦桧议和而遭到贬官的礼部侍郎张九成来到碧山时，汪勃将他迎入培筠园，而且挽留他一住便是数月。

张九成在培筠园逗留期间，写下了一首七绝，诗曰："万仞巍然叠嶂中，泻来峻落几千重。森森桧柏松杉老，又见黄山六六峰。"诗的前两句是对碧山景致的赞誉，而后两句似乎是隐讳地对以秦桧为首的统治集团的一种评定和对汪勃复出的一种期盼。诗成后，汪勃命人刻在石板上，竖在园林中。虽经数百年风霜雨雪的侵袭，诗文字迹依然清晰可辨。

汪勃后来在秦桧倒台后重新得以重用，那些当初离他远去的人又重新回到他身边，汪勃依然一如既往热诚相待，体现了黟县人宅心仁厚的美德。

　　静憩在培筠园中，思绪穿越千年时空。微风吹过时，在摇曳的竹枝中，我分明看到了一位年高德劭、令我高山仰止的长者正渐行渐远。

流连木雕楼

　　砖雕、石雕、木雕是黟县古民居建筑的一个重要组成部分，砖雕大多用于门罩，石雕大多用于漏窗和石础，而木雕大多用于室内装饰。黟县古民居的室内，通常朴素简洁，但在主体建筑的部件上配置各种精美的木雕，会让人感受到一种清新高雅的艺术格调。

　　木雕既然在整体建筑中是起着一种点缀作用，它的使用范围一般不会很大，所以雉山木雕楼这样大面积地使用木雕，便属于

※ 木雕莲花门

※ 双夔龙石雕漏窗

十分罕见的一种现象。

雉山木雕楼的木雕构件集中在天井下方，除了楼上的檐裙护板雕的是"祥云簇拥"外，护板以下，包括雀替、斗拱雕的都是历史典故、戏文传说。每一个画面上都有诸多栩栩如生的人物，他们每个人都仿佛在讲述一段生动的历史故事。

两边厢房门上的十六块裙板分别雕刻有"伯乐相马""伯牙碎琴""羲之对鹅""渊明归隐"等十六个历史故事。

人们常说，徽州古民居中的楹联内涵深刻，它不仅阐发了主人对理想生活和境界的追求，也宣示了主人在人生道路上打拼的一些感悟和经验，对子孙后代起着一种潜移默化的教育作用。流连雉山木雕楼我突然发现，木雕楼中的所有木雕，也起着一种类似楹联的功能，只是表现形式上一个是用文字，一个是用生动的雕刻画面。

这莲花门的裙板上雕刻的"岳母刺字""唐妇乳姑""苏武牧羊""关公放曹"分明表现的是封建社会里道德的最高追求"忠、孝、节、义"。

厢房花窗下的裙板，左右各有两幅大木雕，分别雕有"竹林七贤""穆王八骏""香山九老""普天十鹿"。"竹林七贤"被誉为道德高尚者，"穆王八骏"比喻为能为帝王君主使用的俊才，"香山九老"体现的是人类健康长寿、善始善终的追求，而"普天十鹿"用的是"鹿"的谐音"路"，佛说天下可分为十方，十鹿表示不论什么方向都有"路"，体现的是一个通达顺畅。这四幅木雕之所以对着大门，是想让人一进门，就能体会到主人崇高的追求和对后人的企盼，那就是，做一个有道德的人，一个成为国家栋梁之材的人，一个快乐长寿的人，一个事业、生活都非常顺畅的人。

木雕楼的主人卢帮燮虽因经商发财腰缠万贯，但他还是希望子

※ 雉山木雕楼志诚堂

孙后代能认真读书、自食其力，在木雕作品中不光有"进京赶考""马上封侯"这一类读书做官的内容，也有"行商坐贾"图，体现徽州古人"读书好，营商好，效好便好"的经验感悟。

值得一提的还有，木雕楼中几幅以戏文人物为主题的木雕作品中竟有一幅是《西厢记》中的张生翻墙会莺莺的画面。在封建社会中，这种男女偷欢的行为被视为邪端，卢帮燮却不管不顾，把它雕刻在大厅之上，这在现存的徽州木雕作品中，实属罕见。其用意是向传统道德挑战，还是仅仅把它作为一出脍炙人口的艺术作品来对待？或许，这幅木雕显示的是中国传统文化中不应少了爱情的位置，尽管爱情这个词，在当时社会环境中，只可意会不可言传。不知木雕楼建成后，卢帮燮如何向客人介绍这幅画面选定的用意。也许，卢帮燮无须赘言，因为对爱情的主动追求，是人类天性，大家都已意会，你又何必言传。

另类古居民

都说黟县的古民居是一群端庄典雅的贵妇，而碧山村民推荐我去看小洋楼时，映入我眼中的硬是一位风烛残年的老孺。

　　小洋楼坐落于碧山石亭村。之所以称之为"洋楼"，是因为它和黟县境内数千幢徽派民居的建筑风格有所区别。楼上楼下，那一排宽敞的门窗，一改徽派建筑高墙小窗的封闭型风格，给室内通风采光提供了足够的条件。

　　小洋楼依山而造，地基较高，楼上、楼下均建有长廊。站立长廊之上，远山、近村尽收眼底。而外人站在远处，也能看到主人在长廊上的活动。主人在开阔眼界、敞开胸臆的同时，也向外人展示一些家庭生活的私密空间，这在封建社会中是非常少见的。楼上是小姐活动的场所，可小姐是要"养在深闺人未识"的，而小洋楼里

※ 古民居中的另类石亭小洋楼

※ 当年显赫的宅第如今门可罗雀

的小姐恐怕只能是"虽在深闺人尽识"了。

村中长者告诉我，小洋楼建于清末民初。主人一直在上海经商，也许是在通商口岸的十里洋场待久了，让他感到洋楼比家乡的土楼更适合居住；也许主人压根就是一个思想开放的人，要在家乡建造这样一幢另类的房屋，以示对封建世俗的挑战和背叛。

小洋楼因依山而造，为达到通风干爽的效果，一楼的地板下有一个很高的架空层。后来居住者不知它的真实功能，便称它为地下室，说是主人用来藏匿财宝的地方。至于主人当年是否真在此藏匿过珍宝，后人便不得而知了。

小洋楼在土地改革时，被分给了贫苦农民，楼上、楼下长廊上的铁栏杆，也在大炼钢铁时被拆掉了。如今的小洋楼早已步入暮年，青春靓丽显然已成明日黄花，但房屋的布局、设计，特别是那一个个造型迥异的花瓶形门窗，让人能依稀感到她当年少女般的妩媚风韵。

　　艺术讲究个性，切忌从众，不能因为众人的欣赏习惯、认知的统一，而忽视甚至湮灭匠心独运的个性创意。

　　在清一色的徽派古民居中出现这么一幢风格另类的房屋，虽然让人感到突兀，但也不失给人以个性的美感。只是这种个性在强大的地域文化整体挤压下不可能成为气候，黟县人更欣赏的是他们那近于一致的建筑风格，正是这种坚守，最终使黟县古民居进入世界文化遗产。但尽管如此，我还是希望小洋楼得以保护，因为那体现了黟县人的艺术包容。

※ 后溪"临溪别墅"说是别墅，其实就是一座带有庭院的别致小屋

对视的县衙

黟县"县衙正堂"是安徽省保护最为完整的中国封建社会县级
治所。有趣的是，这座建筑坐落在现今黟县人民政府大院内，竟与
今天的黟县人民政府办公楼并列而立，虽咫尺之距，却隔着千年时光。

据史料记载，现存的这座正堂始建于宋徽宗宣和元年，即公元
1119年，后在光绪年间重修。若从始建时计算，这座正堂，已经在
这块土地上站立了近千年。近千年的时间，它看到了多少朝代更迭，

※ 建于宋、修于清的黟县县衙正堂

看到了多少人事变迁。

正堂为歇山式正方形建筑，象征大堂上那方方正正的官印。正面四根柱子立在鼓形柱石上，支撑着飞檐翘角的大屋顶。

黟县的古民居建筑，极少坐北朝南，特别是大门常常避开正南方向。据相关资料介绍，这是因为徽州十室七商，外出经商、求利四方者居多，而商人在"五行"中属金，南方在"五行"中属火，火能克金，所以商家门朝正南开启不吉利。而这县衙大堂面朝正南，是因为历代帝王都是南面称孤，替帝王管理百姓、显示朝廷尊严的官署也就享受面朝正南的特权，故而后人称之为"八字衙门朝南开"。

先前的一任任知县就是在这里审案、署理公务。惊堂木一拍，两边差役齐喊"威武"，那声音足以使跪在下边的百姓胆战心惊。

正堂大门两侧有一副楹联："五日风十日雨一邑丰穰，三年耕九年食百姓永足。"联文内容通俗易懂，显示了封建社会一任任官员对黟县境内风调雨顺，百姓安居乐业、丰衣足食的期盼，足以体现朱熹那"忧民之忧、乐民之乐"的追求。

历史上，这正堂前面还有一条狭长的甬道，使衙门显得更加幽深和宏伟。那甬道的进口也有一副楹联："忍最为高，到衙前仔细思量，莫如且罢；官虽好见，想事后许多支用，岂不吃亏。"似乎是告诫百姓遇事当宽容，切不可动不动就打官司。

也许正是这立在大门前的劝诫词，使得历史上黟县百姓，不轻易诉讼，从而出现诗人许坚所赞颂的那种"吏闲民讼简"的祥和环境。

而正是这种祥和环境，为在黟县一茬一茬任职的官吏提供了较为宽裕闲适的时间，不至于身累心更累。

县衙正堂后面有株苍劲古朴的千年虬柏，树虽有合抱之粗，但下面大半截已无树心，只有厚厚的树皮支撑着顶上的枝繁叶茂。

松柏坐落处县志记载为"梅园"，是知县大人和他的随员住宿之处。每次经过这古柏下，我的思绪都会穿越历史的天空，想象千

※ 县衙后堂的千年古柏

年前，一个露水晶莹的清晨，或许是一个春雨潇潇的黄昏，一群文文弱弱的官员，脱下袍服，挥动锄头，栽下了这棵柏树。柏树边上是一个大花园，栽种有许多名贵花木，环境十分优雅，而所栽的花木中以梅花居多，所以这儿又被称为"梅园"。

中国封建社会的官吏制度规定，"五百里不为官"，当官的人必须在远离自己家乡五百里以外去任职。那些千里迢迢来黟县任职的官员，

是否会因为辖地社会环境的祥和、起居环境的优雅，或多或少减轻一些思乡之苦。而这优雅、美丽的环境，也极大地提升了一代代官员的文化素养。唐代的黟县知县薛稷便是一例，这位知县所画的梅花，在唐代画坛上有着不同凡响的声誉。

而薛稷也常以自己的画作奖励治下那些德操完美者。能得到薛稷画的梅，对当时黟县人不仅是一种荣耀，更是一种鞭策。薛稷治黟期间，民风淳朴，百姓安居乐业。如此古风令人仰慕。

梅园在中华人民共和国成立后改成了县政府办公大楼和机关职工宿舍。梅园消失了，但有着"画梅"情操的官员一代一代后继有人。

千秋功罪

与友人同游赛金花故居——归园。这座建于清代，修于清末，百年后重修的徽派园林，与它的主人有着同样坎坷的命运。

友人来自北京，交谈中方知他对赛金花很感兴趣，而且曾查阅大量资料，对这位中国现代史上颇具争议的女性做过认真的研究，但始终不知道她是安徽黟县人，更没想到故乡竟还留有曾属于她的一爿园林。

※ 赛金花故居归园

在赛金花故居中驻足，欣赏导游介绍赛金花的传奇人生；在曲径回廊中漫步，聆听友人谈及庚子年间，赛金花在北京城中面对八国联军那种惊天动地的家国情怀。

1900年8月，八国联军攻入北京，慈禧太后带着光绪皇帝仓皇西逃。联军进入北京城后烧、杀、抢掠，北京城陷入有史以来最大的混乱。1860年鸦片战争，英法联军也曾攻陷北京、焚烧圆明园，只是那次入侵，尚未对平民百姓造成多大的威胁。而这次，八国联军的入侵由头，是因为德国公使克林德被杀，联军要让中国人付出百倍千倍的生命代价来偿还。

面对北京城火光冲天、血流成河的惨状，特别是听到联军想要承袭火烧圆明园、逼迫咸丰皇帝签订割地赔款的经验，将焚烧皇宫、天安门，迫使慈禧太后回到谈判桌上来的消息后，赛金花再也坐不住了，凭借曾任大清国驻德、奥、荷、俄四国公使夫人的身份，和她曾在德国上流社会应付自如的夫人外交经历，找到了旧日相识、时任八国联军统帅的瓦德西伯爵，动之以情，晓之以理，促使瓦德西颁下约束联军行为的命令，使北京城诸多精美古建筑得以保存，百姓生活逐渐恢复平静。

此后，为了让联军能尽早撤出北京，使大清国最高统治者慈禧太后、光绪皇帝能早日回銮，熟悉德语的赛金花成了李鸿章与联军谈判的斡旋人。《辛丑条约》的签订使李鸿章成了卖国贼，赛金花也捎带着让后人指责上了"贼船"。

遗憾的是慈禧太后回到北京后，虽然很快接见了赛金花，但终觉让这样一个身份低贱的女人成为救国英雄有损颜面，特别是听到北京城的百姓正自愿集资要为赛金花建一个"九天护国娘娘庙"的消息后大为光火。善于揣摩太后心思的臣子，终于编了一个"虐待婢女"的罪名将赛金花发配回故乡黟县。

原来打算在家乡打发余生的赛金花，最终因某种原因回到了北京。"九·一八"事变后，少帅张学良曾慕名拜访早已隐居多年的赛金花。面对再次国破家亡的严峻现实，赛金花挥笔写下了"国家是人人的国家，救国是人人的本分"这句令今天中国人依然感到沉甸甸的话语。

行走在归园古典与现代交融的美景中，听着友人反复念叨赛金花这个对中国现代大多年轻人来说已是非常陌生的名字，我在心里探究，这个曾在历史上做出些许贡献的女人，为什么不能在我们的文化中给予哪怕是一点点位置？难道仅仅因为她出身低贱？可人家毕竟也有"屌丝逆袭"的光彩，且不说公使夫人的头衔、活跃在德国上流社会的荣耀，人家还有挽救北京城免于杀戮绝境、斡旋中外谈判于艰难之中的经历。这样一个女人，无论是从历史评判还是道德评判角度，其传奇性、故事性价值远远超出小仲马笔下的《茶花女》、莫泊桑笔下的《羊脂球》。毋庸讳言，也不须拔高。她曾有过妓女的低贱身份，但瑕不掩瑜。中国人向来强调"英雄不问出处"，为什么落到这个女人身上，不论她有过什么惊人的善举，她的名字就该永远被钉在中国封建道德的耻辱柱上，而不能给予一个相对公正的评判？

朋友告诉我，在国外许多研究中国近现代史的专家眼里，赛金花是一位富有争议的杰出女性。正因为富有争议，外国人对她更感兴趣，只是国人心里还过不了那个与慈禧太后有点近似的"坎"。

※ 故居中这副楹联囊括了赛金花传奇人生

　　夕阳从归园高低起伏的马头墙后落下去了，苍茫暮色隐去了园中诸多美景。因为兴未尽、意未尽，友人邀我明日再来归园看看，探讨一下那个传奇中的杰出女性当年徘徊在这园林中的一些心路历程。

　　好在明天预报还是个艳阳高照的晴天，可以想象，当初升的太阳从归园旁边的东山冉冉升起时，我们一定会欣赏到更多的美景，以及这美景背后许多凄美的故事。

古黟秋韵

　　群山环抱的古黟，在秋天里，沉静又绚烂，内敛又张扬，古朴又华丽……

　　沿渔黟走廊上行，两侧的群山层林尽染，红与黄的色调或星星点点、层次清晰，或大片渲染、融为一体，浓浓的秋意在这幅多彩的油画里展开、铺陈、蔓延……

　　古黟温婉宁静之秋，栖息

※ 田间归来

在庭前屋后、寻常巷陌中。

八月的桂香，九月的菊黄。小城里，桂花雨在秋风中簌簌而下，"清可涤尘，浓能透远"，笼在桂花濡甜清香里的古黟城已醉意朦胧；五柳先生那曾悄悄盛开在东篱之下的菊花，如今一朵一朵，点缀着寻常人家的小院，氤氲着一份秋的清幽。

倘若有暖暖的秋阳啊，便可携一本心仪的书籍坐在铺满了银杏树叶的草地上静静地翻阅，仿佛文字也溢满了秋阳的温暖与芬芳。倘若有静静的秋月啊，那么，就去早已约好的阳台吧，晚风中，将藤椅移过来，将精致的茶几搬过来，只要一倾身，加上月与茶，便是亲密的促膝了！倘若有细细的秋雨啊，远处黛色的群山隐在云雾中，轮廓时隐时现，近处的村庄民居在雨中愈发清朗宁静，灰色调

※ 秋韵

的徽州建筑像一幅写意的山水画，那些小街小巷里一把把艳丽的伞轻轻飘过，挤挤挨挨地点缀着小城的底色，于是那素雅里便也有了活泼与俏皮，有了尘世的味道和烟火的气息……

古黟五彩斑斓之秋，栖息在远山近树、广袤田畴里。

在协里，在塔川，秋如此缤纷。那些或殷红或深紫或鹅黄或金黄或翠绿的、斑斓着身姿的乌桕树，安静地落座秋野，向着秋日明净高远的天空肆意又酣畅地涂抹着最绚烂的秋色；

※ 雷岗秋色

阳光从树叶的罅隙里筛落下来，斑斑驳驳、细细碎碎的影子摇曳，摇曳成最动人心弦的秋日私语；云烟漫不经心，信手挥就几缕符号，在村庄的额际、群山的眉尖优雅地悬停，组成一幅绝美的秋色图。难怪乎这里被推崇为中国三大秋色之一，成为摄影人创作的天堂！

在村庄，在田园，秋如此诗意。黄昏时分，秋那炫目的华丽重归淡泊和安宁。阳光斜射在高高的马头墙上，一边温暖一边秋凉；老屋的青砖黑瓦衬得院里的柿子分外红艳，几串红辣椒、几颗玉米棒、几捧秋南瓜，秋的殷实在屋前院后摊晒；袅袅的炊烟升起，刘后的稻田、归家的老牛，以及那些深巷处传来的狗吠鸡鸣，组成了乡间拾掇不尽的诗意。夕阳西下，西递、宏村、屏山、关麓、南屏、卢村，一个个古村都涤荡在一片深秋的绛红中，苍凉的美丽开始铺张……

再把脚步向黟西北延伸。美溪打鼓岭清冽澄澈的碧水、抛珠溅玉的飞瀑，让人想要掬一捧秋水拂面，感受丝丝凉沁中的秋意；五溪山峡谷红叶胜火的山林、朴拙天成的栈道，让人不由得抛却了尘世喧嚣；还有柯村茅山岭下星罗棋布的村庄，黄姑河"三十里水墨画廊"的旖旎……

缱绻在这古黟美丽的秋日时光，从此不再离去！